目次

本書はハルキ時代小説文庫の書き下ろしです。

髪結の亭主（一）

第一話　虎と鼠

一

浅草寺雷門《せんそうじかみなりもん》の真ん前、広小路《ひろこうじ》を挟んで髪結床《かみゆいどこ》『つばめ床』はある。

さして広い店とはいえないが、入口の腰高障子《こしだかしょうじ》につばめが飛んでいる絵が描かれ、墨痕鮮《ぼっこんあざ》やかに屋号が記され、広い土間がぐるりと巡《めぐ》って台つきの流しがある。

客はまず小盥《こだらい》で髪を湿らせておき、店の入口の方を向いて穴の開いた腰掛板に掛け、髪結師はその後ろに廻って仕事をする。仕事用の髪結箱を江戸では鬢盥《びんだらい》、京坂《けいはん》では台箱といい、そこには剃刀《かみそり》、鬢付油《びんつけあぶら》、櫛《くし》、元結《もとゆい》などの用具がずらっと揃えてある。

前髪を切ったり月代《さかやき》を剃《そ》る時は、客が『毛受け』という扇面状《せんめんじょう》の小板を持ち、剃り落とした髪の毛をみずから受けることになっている。

奥には将棋盤や絵草子類《えぞうしるい》の置かれた小座敷があり、客はそこで暇を潰《つぶ》して順番を待つ。順番待ちのなかには将棋を指す女もいるのである。

町内に店を構え、自分の家で営業するこうした髪結床を『内床《うちどこ》』という。

江戸の初めの頃は髪結に結って貰うのは男のみとされていて、女は家庭内で母親に頼んだり、自分で結っていた。しかし寛政《かんせい》の頃から深川《ふかがわ》の辰巳《たつみ》芸者《げいしゃ》が他人に結わせるようになり、女髪結という生業《なりわい》が出現した。今ではなくてはならない存在になっている。

髪結床というものは、湯屋とおなじ庶民の社交場で、また情報交換の場でもあるのだ。

つばめ床の女将《おかみ》はおちかという二十八になる年増で、小股の切れ上がったすこぶるつきのいい女である。腰から下が長く、すらっとした小粋な江戸前の女で垢抜《あかぬ》けており、面立ちも鼻筋の通った瓜実顔《うりざねがお》に、情の深そうなぽってりとした唇をしていて申し分がない。黒き大きな瞳はいかにも勝ち気そうで、店を背負って立っている気概に満ちている。目から鼻に抜け、一を聞いて十を知り、口八丁手八丁《くちはっちょうてはっちょう》の女なのである。

手伝いの髪結は二人いて、お汐《しお》とお米《よね》といい、どちらも以前は廻り髪結をしていたから腕はいい。廻り髪結というのは店を持たず、特定の何人かの得意客を相手に出張して仕事をする髪結のことだ。他に『出床《でどこ》』と呼ばれる髪結もいて、これは橋詰や空地などに床店を出して青空営業をする。誰しもが髪を整えないわけにはゆかないから、髪結は食いっぱぐれのない稼業なのである。

お汐は二十四でお米は三十、どちらもぐうたらで稼ぎの悪い『髪結の亭主』持ちだ。もう一人お仲《なか》という十七の小娘がいて、これは『剃出《すりだ》し』と呼ばれる弟子の身分で、雑用を一手に引き受けている。

そうしてつばめ床は四人の女たちで廻していて、毎日目の廻るような忙しさだ。さっぱりとしたおちかの気性が地元の人たちに好かれ、繁昌《はんじょう》しているのである。

その日の昼の客は六人いて、三人は結っている最中で、三人は小座敷でとぐろを巻いていた。町内の女房が多いが、娘も混ざっている。

年が明け、三が日の年始廻りの日は三十人以上も客が詰めかけて大変な思いをしたが、七草粥《ななくさがゆ》の済んだ昨日辺りから客足は平常に戻った。

結っている女房の一人が二日の初夢の話を始め、棚から大福餅《だいふくもち》が落ちてきた夢を見て、春から縁起がいいと言うので、なんで大福餅を棚に上げるのよ、あんたの所は貧乏世帯だから棚が壊れていただけの話だろうにと、とぐろを巻いていた女房の一人が言うと、子供が多くてそこいらに置いておくとみんな食われちまうから、棚に上げて隠しておくのが習いだと最初の女房が言い、でも二日の日は大福餅を上げてなかったのに、そういう夢を見たということはやはり今年は縁起のいい年なんだと言い張る。

すると横で並んで結っている女房が、棚ぼたがいつから棚福になったのさと混ぜっ返し、大笑いとなった。女たちの雑談など、いつもこうして他愛がないのである。

そこへ二人の中年男が、泡を食った様子で店土間へ駆け込んで来た。着流しに羽織《はおり》を着たごく尋常な商人姿だ。

つばめ床左隣りの白雲堂善兵衛《はくうんどうぜんべえ》、右隣りの三春屋和助《みはるやわすけ》だ。白雲堂は絵馬屋《えまや》、三春屋は傘屋《かさや》をやっている。

「おいおい、大変だよ。正月早々からまたねずみ小僧が出たんだとよ」

髪に霜《しも》を頂き、奥目で痩《や》せこけて貧相この上ない善兵衛が言えば、小肥り短軀《たんく》の和助は快哉《かいさい》を叫ぶようにして、

「それが皆さん、佐久間町《さくまちょう》の安中藩《あんなかはん》の中屋敷で、今度は百両近くが盗まれたらしいんだよ。そいでもってあんた、ご家来衆が盗難に気づいて大騒ぎになった時にゃ、ねずみ様は雲を霞《かすみ》と逃げちまった後でさ、いつもながらの見事な腕前で、奴《やっこ》さんは盗《ぬす》っ人《と》の鑑《かがみ》だよねえ」

女たちが騒ぎ、たちまちその話題でもちきりとなった。

怪盗ねずみ小僧は二、三年前から跳梁跋扈《ちょうりょうばっこ》を始め、大名、旗本家など、武家屋敷専門に盗みを働くところから、日頃威張りくさっているお武家方がとっちめられたような気分になった庶民の喝采《かっさい》を浴びていた。

その鮮やかな手並に惚《ほ》れ込んだ講釈師《こうしゃくし》や戯作者《げさくしゃ》らが、勝手にねずみ小僧の人物像を作り上げ、いつの間にか義賊《ぎぞく》にまで祭り上げられる始末であった。だが実際には、ねずみ小僧から施《ほどこ》しを受けた人は一人もいなかった。

騒ぎをよそに、おちかは髪を結っている目の前のお石《いし》の異変に気づき、ふっと眉を寄せた。

お石は五十過ぎの老婆だが、左の首筋に一か所、両頬に青痣《あおあざ》があり、それを化粧《けしょう》で隠しているのだ。痣が大分治まったのでようやく表へ出られ、髪結にも来られたという様子だ。

お石の白髪混じりの髪を結い上げたところで、おちかがそっと耳許で囁《ささや》いた。

「お石さん、ちょっと奥へ」

「……」

するとお石が怯《おび》えたような目を上げた。

二

一膳飯屋《いちぜんめしや》高砂屋《たかさごや》の油障子に背をもたせ、少年太助《たすけ》はしゃがみ込んでうなだれていた。

太助の顔はうす汚れ、着ているものも貧しく、すり切れて垢染みており、つんつるてんだから手足がにょきっと出ている。

そこは広小路からひと筋入った並木町《なみきちょう》で、昼下りの店内は閑散とし、男客が一人で大飯を食らい、酒を飲んでいるだけだ。

そこへ雄偉《ゆうい》な体軀《たいく》の武士がやって来た。

鉄色の小袖《こそで》に毛羽織を着て、腰に大小を差し、髷《まげ》は総髪《そうはつ》に結っている。面構えがよく、彫りの深い顔立ちに鼻梁《びりょう》高く、眼光あくまで鋭く、眉濃く、薄い唇は意志の強さを表してきつく引き結ばれている。身の丈《たけ》は優に五尺八寸（約百七十六センチ）はあろうかと思われ、禄にはぐれた浪人者には見えず、さりとて宮仕えの雰囲気はなく、得体が知れない。年は三十前で、近寄り難い感の男である。手に重そうな風呂敷包みを提げている。

男の名を風祭千之介《かざまつりせんのすけ》という。

千之介は店へ入ろうとし、歩を止めて太助を見た。

それを知って太助も見上げる。

その顔には殴られた痕《あと》の赤痣、青痣がついている。ひもじそうで、痩せて顔色が悪い。

「どうした」

千之介が声を掛けるが、太助は何も言わずにまたうなだれた。容易に心を開かないようだ。

やむなく太助をそのままにして、千之介は店へ入って行った。

男客の大六《だいろく》が酒を飲みながら、ぎろりと千之介を見た。口をへの字にひん曲げ、威張りくさった面つきをしている。

この男は車力《しゃりき》だから膂力《りょりょく》に優れ、千之介に勝《まさ》るとも劣らない体格をしている。車力とは大八車に重い荷を積んで運ぶ力自慢の人足稼業のことだ。

千之介が射るような目で見返すと、大六は慌てて視線を逸《そ》らした。

気弱そうな亭主の勝吉《かつきち》が、註文《ちゅうもん》を聞きに近づいて来た。ひょろっと痩せた中年で、一人で高砂屋を切り盛りしているのだ。

「お出でなさいまし。ご註文は」

空気の抜けたような勝吉の声だ。

「飯だ」

ぶっきら棒に千之介が言う。

「お菜《さい》はなんにしますか」

「見繕《みつくろ》ってくれ」

「鯵《あじ》の干物でようございますか」

千之介はうなずいておき、勝吉を目顔で呼んで、

「表の子供はなんだ」

「え、ああ、ちょいとわけありでして」

「どんなわけだ」

「へ、へえ、まぁその……」

勝吉は口を濁し、大六の方を気にして、

「放っといて上げた方が」

「どうしてだ」

それには答えず、勝吉は逃げるように料理場へ去った。

千之介は風呂敷をほどき、なかから一冊の本を取り出し、それを開いて読み始めた。

どうやら蕃書《ばんしょ》の類《たぐい》らしき難しい本のようだ。蕃書とは西洋事情が書かれた書籍のことだ。

「けえるぞ」

大六が乱暴な口調で言い、ゆらっと席を立った。

勝吉が出て来てその前に立つ。

「幾らだ」

「三十二文で」

「高えな」

「そんなはずは。酒が二本ついておりますんで」

「まずい酒だったぜ、こんなんだったら馬の小便の方がましだな。さんざっぱら薄めたのを売ってんだろ、てめえん所は」

「ご無《む》体《たい》はよして下さいまし」

大六は文句をつけておき、財布を逆さにふって空であることを示し、表の太助を見やって、

「伜《せがれ》を置いてかあ、こき使って構わねえぞ」

千之介が本から顔を上げ、大六と太助を交互に見た。

勝吉は困った顔になり、

「そいつぁ勘弁してくれませんか」

「伜が二日ほど働きゃおれの飯代ぐれえにゃなる。それでいいだろ」

「大六さん、困りますよ、この前もそうやって」

大六が酒徳利《さかどつくり》をつかみ、床几《しょうぎ》の角で粗暴に叩き割った。

「おれのやることに文句があんのか」

凄まれて勝吉は青くなり、何も言えなくなった。

千之介が本を閉じ、憤然《ふんぜん》とした顔になった時、おちかが店へ入って来た。

おちかは見知らぬ千之介をちらりと一瞥《いちべつ》しておき、大六へ怒りの目を向けて、

「大六さん、またやったのね」

「くそ阿魔《あま》に用はねえ」

二人は近隣の顔見知りのようだ。

「あんた、おっ母さんのお石さんをぶん殴って、表の太助ちゃんにも乱暴して。どうしてそうなんだい。荒っぽ過ぎる気性が災いして仕事を失敗《しくじ》ってさ、また食いっぱぐれてるんだろ。その腹立ちをなんだって女子供にぶつけるのさ。そんなんだからかみさんにも逃げられるんじゃないか」

「じゃかあしい」

怒髪天《どはってん》を衝《つ》く勢いで大六が立ち上がり、おちかに向かって拳《こぶし》をふり上げた。

さっと立った千之介がその手首を捉え、ねじ上げる。

「さんぴん、何しやがる」

大六の怒りは千之介へ向けられた。

「表へ出ろ」

千之介が言って大六を突き放し、先に表へ出て行った。

「くそったれが、思い知らせてやるぜ」

大六が腕まくりをしてその後を追う。

おちかは思わぬなりゆきに戸惑って、

「勝吉さん、あのお武家さん、どういう人なんだい」

勝吉もまごついていて、

「いえ、あっしも知らねえんですよ。今日初めてお見えんなったんで」

「困ったねえ、あの大六さんに勝てるわけないんだから」

その時、店の外でずしんと地響きがした。おちかと勝吉がはっと見交わし、表へと
び出した。

店横の路地で、千之介に投げ飛ばされた大六が大の字になってひっくり返っていた。

おちかと勝吉は唖然《あぜん》となる。

千之介は怒りを露《あらわ》にして迫り、

「貴様のようなろくでなしは人間の屑《くず》だ。半殺しにしてやる」

大六に屈んで胸ぐらを取り、往復びんたを食らわせた。大六が烈しく抵抗し、しゃ

にむに千之介を突きのけ、頭から突進して行く。

それをがっぷり受け止め、千之介は大六の帯をつかんで躰ごと持ち上げ、また地面に叩きつけた。どーっと倒れる大六の横っ腹を、千之介が容赦《ようしゃ》なくどすどすと蹴りつける。

呻《うめ》き、汚い言葉を吐く大六の顔面に、さらに千之介の鉄拳が打撃された。大六は悲鳴を上げ、顔中を血だらけにして遂には命乞いをした。

「よせ、もうやめろ、助けてくれ」

おちか、勝吉を筆頭にして、いつしか野次馬が集まって鈴なりになり、全員が固唾《かたず》を呑んで見守っている。だが皆の表情にはひそかに喜色が浮かんでいる。大六という無法者にいつも苦しめられているから、溜飲《りゅういん》を下げているのだ。

「もう二度と乱暴はせぬか」

千之介が言い、鬼のような顔で大六を睨《にら》み据えた。

命乞いをしておきながらすぐには素直な気持ちになれず、大六は曖昧《あいまい》にうなずきながら反撃の機会を窺《うかが》っている。

その顔面にまた鉄拳が炸裂《さくれつ》した。

「ぎゃっ」

顔を押さえて大六が転げ廻る。鼻の骨が折れたようだ。

「貴様」

千之介が再び大六の胸ぐらを取ったところで、太助が駆け寄って来た。千之介の腕に手を掛け、必死の目でうなずいて見せた。もう父親を勘弁してやってくれと、目顔でものを言っている。

千之介が打擲《ちょうちゃく》をやめ、力を抜いた。

「坊ず、来い」

太助をうながして店へ戻って行った。

そうして千之介は勝吉に自分とおなじものを頼み、太助と一緒に飯を食らい始めた。

鰺の干物、味噌汁《みそしる》、漬物、それに山盛りのどんぶり飯だ。

「うまいか」

千之介の言葉に太助がこくっとうなずく。

おちかがそろそろと寄って来て、

「あのう、もし、旦那」

「なんだ」

千之介がきっと怕《こわ》い目を向けた。

おちかは物怖《ものお》じせず、

「ちょいとあたしにつき合っちゃくれませんかしら」

「……」

千之介は返答せず、もさもさと食いつづけている。口の端に飯粒がついていてもものともしない。

そんな千之介を見て、おちかの顔に好意の笑みが広がった。

(この人ったら……子供みたい)

母性本能をくすぐられた。

三

おちかは江戸で生まれ育ち、三代つづいた江戸っ子で、特に今住んでいる浅草《あさくさ》などは庭のようなものだから、隅から隅まで知り尽くしていた。

飲食の店にも詳しく、ここ一番というお客さんを連れて行くのにはどこがいいものかとあれこれ思案し、つばめ床のある並木町とは目と鼻の花川戸《はなかわど》まで千之介を誘った。

仏頂面《ぶっちょうづら》ながらも、千之介は黙ってついて来る。

花川戸の『堀川《ほりかわ》』はおちかの幼馴染《おさななじ》みのお力《りき》がやっていて、気が置けない。ちょっと小粋な小料理屋で、酒も料理もうまい。

お力の父親の徳兵衛《とくべえ》が料理人として腕をふるい、ちゃきちゃき江戸っ子のお力を前面に出して店は成功している。母親のお福《ふく》は遊山《ゆさん》に行くことばかり考えていて、ご婦人方の仲間との外出が多い。

なんだか浮きうきして、おちかは飲みたい気分なのである。

千之介を伴って堀川へ入って行くと、丁度店にいたお力がぽかんとなり、びっくりしたように二人を見て、すぐには言葉が出てこない。

色白で太《ふと》り肉《じし》のお力には華《はな》があって、それなりに美しくはあるものの、おちかに比べたら気の毒だがやや劣る。

「女将さん、ちょっとお座敷貸して下さいましな」

おちかが千之介を気遣い、よそ行き言葉で言う。

「あ、はい」

お力は素《す》っ頓狂《とんきょう》な声を出し、近くにいた仲居に命じて座敷の用意をさせ、案内されるままに千之介が先に上がって行った。

千之介が去ると、お力はたちまち幼馴染みの地金を出し、堰《せき》を切ったようになって、

「あんた、いったいどうしたってのさ。いつからあんなお武家さんとつき合うように

なったんだい。どこで知り合ったのさ。今までひと言も言わなかったじゃないか。どこのお人だい。ご浪人にゃ見えないからどっかの若様なのかい。相手の年は幾つなのさ」

お力の話が終わるまでおちかは指で耳栓《みみせん》をしていたが、それを外して、

「少しばかりわけありでね、今は詳しいことは言えないの」

「言えないって何さ、あたしとあんたの仲でそりゃないじゃないか。奥方はいるのかい、あの人。だったら横取りなんかしちゃいけないよ。道ならぬことしたらお武家の奥方に斬られちまうよ。もっとまっとうな人とつき合いなさいな」

「つき合っちゃいないわよ、今日初めて会ったんだから。奥方も何も、あの人の名前も知らないの」

「ねっ、あんたの方にその気がないんなら、あたしに引き合わせてくれないかしら」

おちかは今は独り身だが、お力もそうなのである。

「奥方がいたらどうするの」

お力はぽんと胸を叩いてみせ、

「あたしなら大丈夫、奥方なんかへっちゃらよ」

おちかの柳眉《りゅうび》がぴくりと動いて、

「お力、ああいう人好みだった？」

お力は興奮した様子で、おちかの袖をむんずとつかむと、

「入って来たとたんにあたしの躰に雷が走ったの」

「んまあ」

「これが運命の人だって、天のお告げが聞こえたような気もする」

「勘違いよ」

「後であたしも顔出していい？」

「そう、ずうっと後なら」

「どんな料理を出そうかしら」

「任せるわよ」

「あの人、お酒は？」

「さあ、どうかしらねえ。いいのよ、今日はあたしが飲みたい気分なんだから」

「なんでよ」

「いい人に出会ったからに決まってるじゃない」

おちかが艶冶《えんや》として笑った。

（畜生、おちかめ）

お力の闘争心に火がついた。

四

千之介はおちかと向き合い、酒を飲み始めた。

これが底なしで、いくら飲んでも顔色が変わらず、酔うことなく微動だにしない。それでいて無口だから、千之介はおのれのことは何も喋《しゃべ》らない。

酒がすぐ空になり、仲居や女中がひっきりなしに出入りした。

おちかも酒は強い方だが、負けそうだと思い、酔って醜態は晒《さら》したくないから懸命に踏ん張り、その前に自分の身の上を知っておいて貰おうと、問わず語りに喋り始めた。

「あたし、今年で二十八んなります」

「……」

「生まれたのは神田《かんだ》でござんしたが、お父っつぁんの都合で浅草に移りまして、そこで大きくなりました。聖天町《しょうでんちょう》に長くいて、お父っつぁんは町火消《まちびけ》し十番組ち組の頭《かしら》をしてたんです。でもあたしが十七の時、年寄を助けようとして火に巻かれちまいました。翌年にはおっ母さんも後を追うようにして……」

そこでぐびりと盃を干し、

「兄弟はいましたけど、みんな早くにこの世を去っちまって、あたし一人が取り残されたんです。手に職をと思って髪結の道へ入りました。ふつうは十年と言いますけど、六年で切り上げて二十三んの時に並木町に内床を出したんです。軍資金はお父っつぁんがたっぷり残してくれましたんで助かりました。もっと修業したかったんですが、髪結のお師匠さんがもういい、あんたは立派に独り立ちできるよと背中を押してくれたんです。それで清水《きよみず》の舞台から飛び降りる覚悟をつけました。商売ってのは、やってみないとわかりませんよねえ。運を天に任せて始めたらたまたまうまくいきまして、とんとん拍子に。でも油断は禁物っていつも戒《いまし》めてますよ。だから髪結の女将をやりながら、あたしはまだまだ修業の身だと思ってるんです」

そこでおちかは急にそわそわとなって、

「ええ、それと、これはあんまり言いたくないんですけど……つばめ床を始めてすぐ、指物師《さしものし》の職人と一緒になりました。でも一年ちょっとで別れたんです。わけは聞かないで下さいましな。子は生《な》していません。欲しかったんですけど授からなかったんです」

千之介は相変わらず何も言わず、相槌《あいづち》も打たず、黙々と飲んでいる。

「あ、あのう、風祭様って素敵なお名前ですわね、だって風のお祭りって書くんでしょ」

おちかは千之介の様子を窺いながら、おずおずとお愛想を言った。

千之介は初めに名乗りだけはどうにかしたのだ。

「浅草はよくお歩きんなるんですの？　高砂屋の勝吉さんが初めてのお客さんだと言ってましたけど」

「……」

「風祭様、お聞かせ下さいましな、ご素性《すじょう》の方」

「……」

おちかはしだいにじれてきて、

「そんな風に黙んまりを通されていると取りつく島もないじゃありませんか。それとも秘密にしなくちゃいけないようなわけでもおあんなさるんで？」

「……」

「あたしのこと、面倒臭がってるってんなら仕方ありませんけど。それじゃあと少し飲んで右と左に別れましょうか」

「おまえのことは気に入っている」

千之介が突然言った。

「えっ」

なぜかおちかの心の臓が早鐘《はやがね》のように鳴った。

言うと、千之介はまた黙り込む。

「あ、いえ、あたしの聞き違いなのかしら。今気に入っているとかなんとか……」

千之介が目を伏せながらうなずく。

おちかはみるみる嬉しくなってきた。

「いいんです、無理にとは言いません。どこがお気に召されたのか知りませんけど、嬉しゅうござんす」

「帰る」

おちかがはっとした目を上げ、

「どこへお帰りに？」

「……」

「お屋敷はどちらなんですか」

「帰る屋敷はない」

「へっ？　ないって……」

そこで千之介は初めて苦み走った笑みを浮かべ、

「風来坊《ふうらいぼう》なのだ」

「風来坊……」

「宿ならそこいらにある」

「いいえ、ろくな宿屋は」

「野宿でも構わん」

「この寒空ですよ、死んじまいます」

「躰は鍛《きた》えてある」

「どうして帰るお屋敷をなくしちまったんですか」

「事情があるのだ」

「どんな」

「ともかくここを出る」

「そ、それじゃあたしも」

二人が同時に席を立つところへ、お力が酒を運んで来た。

「あ、あら、もうお帰りなんですの？」

「また来るわね、女将さん」

おちかがよそ行き言葉で言い、先に立って行く千之介の後を追った。
「ちょっと、おちか、どうして急に……なんなのよ、あの二人。愛想もなんにもない
じゃないのさ」
お力は気分を害し、腹いせに持って来た酒をぐい飲みした。

五

つばめ床が近づいてきたところで、一瞬ぴかっと真昼になった。

冬の稲妻《いなずま》だ。

次いで豪雨が降ってきた。

おちかは悲鳴を上げて、

「嫌っ、雷さんは大嫌いなんですよ、なんとかして下さいましな」

「やむを得ん、おまえの家で雨宿りだ」

「はい、はい、こっちです」

おちかは千之介の袖を引き、路地へ駆け込んで店の裏手へ廻った。店はとっくに閉まっていて真っ暗だ。

勝手戸を開けて千之介を誘い、おちかは裏土間へ入った。すぐに台所の板の間へ上

がって手拭いを持って来ると、框《かまち》の上から千之介の濡れた着物を拭いた。
その手首を千之介がつかんだ。
おちかははっとした目を向ける。
真っ暗ななかで二人の視線が絡み合った。
また稲光《いなびか》りがした。
二人は目を離さない。
「奇妙な夜だな」
千之介の声は雨音に消された。
おちかは黙ってうなずくが、われに返ったように身をひるがえし、家のなかへ消えた。
そして暫《しば》くして、
「よろしかったらお上がりんなりませんか」
控えめなおちかの声がした。
千之介が腰から大刀だけ抜き取り、上がって行く。
一室に行燈《あんどん》が灯り、そのそばにおちかが身を硬くして端座していた。
千之介はその前に座る。じっとおちかを見ている。

「今、お茶でも……」

立ちかけるおちかを千之介が止めた。

「茶などいらん」

「……」

千之介がおちかを引き寄せた。

その胸におちかは倒れ込む。身を任す風情だ。

「おまえが気に入った」

千之介がまたおなじことを言った。

あたしも、と言いかけたおちかの唇は千之介の口に塞《ふさ》がれた。

夜明け前まで、二人は飽くことなく身を寄せ合っていた。

おちかにとってもう言葉はいらなかった。逞《たくま》しい千之介の胸に顔を埋めたまま、ずっとそうしていた。至福の時だった。こんな男と出会うことを、いつか思い描いて胸に秘めていた。それが現実となったのだ。

「おのれを語る」

不意に千之介が言った。

「えっ」

「素性を明かす」

おちかは驚いて千之介から身を離し、畏《かしこ》まるようにして正座した。

千之介はそのままで虚空を睨むようにし、ぽつりぽつりと語りだした。

それによると、こうである。

風祭家は代々千石高のお目付《めつけ》の家柄で、拝領屋敷は神田駿河台下《するがだいした》にあった。目付職は幕臣の非行を監察し、取締まるお役である。

去年までの風祭家の当主は十左衛門《じゅうざえもん》で、今は鬼籍に入っている。

千之介は跡取りとして成人し、幕府の学問吟味《がくもんぎんみ》（今の国家公務員上級職試験）を首席で合格したほどの俊才であった。そのままで行けば父の跡を継ぎ、目付として幕臣に睨みを利かす重職になるはずだった。

しかし千之介はそれを放棄した。

と言うのは――。

三年前、十左衛門に女がいることが発覚した。しかも二十歳を過ぎた息子の存在まで明らかになった。女は琴舟《ことふね》という権兵衛名《ごんべえな》を持っていた元辰巳芸者で、二十年以上も前に落籍《ひか》され、十左衛門に妾宅として小屋敷を与えられて囲われていた。発覚のきっかけは琴舟が病いに臥《ふ》したことで、使いで来た小者がうっかり本妻の登勢《とせ》に伝えてしまったのだ。

その時十左衛門は五十、登勢は四十七であった。

登勢はそのことを千之介に打ち明け、どうしたものかと相談をぶった。

千之介は琴舟の小屋敷へ赴《おもむ》き、母子と対面した。異母弟に当たる彼は百太郎《ひゃくたろう》といい、素直な好青年であった。日蔭の身として育ったわりには暗さがなく、文武共に精進している最中だという。

しかしいくら精進したとて、この百太郎に身分が与えられるわけはなく、一生を浪人で過ごさねばならない。

頑固一徹者の十左衛門だったが、この件に関しては千之介に頭を下げた。登勢にも謝罪した。登勢は今さらそんなことを取り立て、騒ぐ女ではなかった。登勢は千之介に案内させ、病床の琴舟を見舞った。琴舟は長年登勢を欺《あざむ》いていたことを詫び、赦免《しゃめん》を願った。登勢は「水に流しましょう」とだけ言って、その場を辞した。

半月後に琴舟は息を引き取った。

とむらいが済むと登勢の計らいで、百太郎に小屋敷を引き払わせ、本家へ招き入れた。

登勢は二人を前にして、「今日から兄弟仲良く暮らすのです」と言った。百太郎は望外のことだったので戸惑いながらも、思いやりのある登勢の人柄に深く感じ入ったようだ。

千之介の方に異存はなかった。

登勢の意思にしたがい、千之介は百太郎と兄弟の契《ちぎ》りを結び、学問、武道を教え、導いた。腹違いとはいえ、気の合った兄弟仲であった。

その二年後、十左衛門が他界した。

早急に後継問題が浮上した。

誰もが千之介が家督を継ぐものと思っていたが、予想外のことが起こった。

千之介は登勢に隠居したいと願い出たのである。家督は百太郎に継がせたいという。

これにはさしもの登勢も驚愕《きょうがく》した。しかしすぐに千之介が百太郎を思ってのことだと察しをつけた。とは言っても、三十前で隠居など考えられないし、あくまで登勢の本意は千之介にあった。本妻の子が家督を継がず、妾腹の子が後釜に据わることなどありえない。

百太郎も慌てふためき、屋敷に置いて貰っているだけで十分だ、そんなことは言わないでくれと千之介に懇願《こんがん》した。

「でも旦那は我をお張りんなって、お屋敷を飛び出したんですね」

おちかが千之介を覗き込むようにして言った。

「本音を言おう」

「はい」

「自由闊達《じゆうかったつ》に生きたいのだ」

「はあ……そういうお人だったんですか」

おちかは半ば呆れ顔になる。千石のご大身を棒にふってまでして、そんなに自由がいいのかしらと思う。

「これは天の配剤《はいざい》だ」

おちかは拗《す》ねたようになって、

「だとしましたら、あたしは都合のいい女ってことに。琴舟さんて人とおなじ定めなんでしょうか」

「おまえを囲い者にはせぬ」

「えっ」

「ここに転がり込む」

「一緒に暮らしてくれるんですか」

おちかの目がきらきらと輝いた。

「髪結の亭主だ」

「違いますよ、世間にごろごろいるそんな人たちとは一緒んなりません。あたしは旦那を尊《たっと》びます。一歩も二歩も下がって旦那を立てます」

「古風だな」

「それが取柄なんです」

「百太郎をここへ呼んでもよいか」

「もちろんですとも。お母上様だって構やしません」

と言った後、聞き難そうにしながら、

「あっ、ええと……その後どうなってるんですか、お家の方は」

「むりやり百太郎に家督を継がせ、奴は新米の目付として上に奉公している。母上はまだ拘《こだわ》っているようだが、おれの方は吹っ切ったつもりだ」

「でも旦那はお役に就《つ》いているわけじゃありませんから、あれですか、毎日ここでぶらぶらと？　いえ、それを悪いって言うつもりはありませんけど」

「やることは山ほどある」

「たとえば？」

「好きな書物に一日埋もれていられる。それがまず何よりの幸甚《こうじん》であろう。宮仕えは性に合わん」

「はあ」

「得心がゆかぬか」

「い、いいえ、どうぞお好きになすって下さいましな。あたしは差し出たことは一切言いません」

「それでよい」

千之介が手を伸ばし、おちかをぐいと引き寄せた。

二人はまたひとつになった。

胸の内をめくるめくような嵐が襲い、おちかはこの人に一生ついて行こうと強い決意を固めた。三十前の女の純情である。それを捧げるのだ。

千之介のことを人は『髪結の亭主』と言うかも知れないが、一向に構わないと思った。

（だって違うもの、この人は。そんなぐうたらじゃないし、元は千石取りの殿様なんだから）

おちかは誇りを持って、千之介を受け入れたのである。

六

風祭百太郎は供も連れず、常に単身で市井《しせい》の夜廻りを行っていた。

市井といっても商家や町屋のひしめく繁華で猥雑な界隈《かいわい》ではなく、役目柄、武家地ばかりを歩いている。だから当然どこもひっそりとしていて人影は少なく、提灯《ちょうちん》を持たないので場所によっては足許も覚束《おぼつか》ない。

ふつう、お目付であれば下僚《かりょう》である徒目付《かち》やお小人《こびと》目付らをしたがえての見廻りとなるはずも、百太郎は新米目付なのである。年も二十代前半の若年で、まだまだ羽ぶりを利かすというところまではゆかない。

風祭家は千石高ゆえ、召し抱えの家来、若党、小者らの数は二十人である。それに奥向きの女中が五、六人いて、下男、下女を入れると三十人弱となる。それらが家《いえ》の子郎党《ころうとう》ということになる。

千石取りの収入は、四公六民として実収四百石ほどだ。使用人三十人の食い扶持《ぶち》は五十三石ぐらいで、残りは三百四十七石、金子《きんす》にして三百五十両余となる。これで給金やら諸経費を賄《まかな》うのだから台所は決して苦しくはない。むしろ豊かな方だ。屋敷は千坪で、長屋門《ながやもん》、門番所付きである。

義兄の千之介に強引に家督を継がされ、駿河台下の大きな屋敷に住まわせて貰い、百太郎は義母の登勢と毎日顔をつき合わせて暮らしている。

それゆえ、昼の内はお城にいるからよいものの、下城した後、屋敷にまっすぐ帰る気になれない。帰ってもすぐに出掛けるようにしている。

登勢は気丈なしっかり者で、女ながらも矍鑠《かくしゃく》として何事にも遺漏《いろう》なく、正しく物事を見る目を持った誇り高き貴婦人である。教養もあり、百太郎など逆立ちしても敵わない。

しかも登勢は若い頃は武芸をも嗜《たしな》み、そっちの方の素質もあった人だという。まさに非の打ち所がないのである。

三年前に死んだ実母の琴舟は、芸者上がりだけに教養は乏しく、読み書きさえも満足ではなかった。

だがそこには琴舟特有のおおらかな人の好さがあり、天衣無縫《てんいむほう》で、年を取っても可愛い女であった。病いを得てからも深刻ぶらず、平気で暢気《のんき》なことを言って笑っているような人だった。そんな琴舟を実父の十左衛門はこよなくいとおしんだのだ。

といって、登勢が堅苦しく嫌な女というのでは決してなく、女ながらも酸《す》いも甘いも嚙《か》み分けたようなところがあり、どんな難事に遭遇《そうぐう》しても泰然《たいぜん》と冷静に対応し、百太郎としては感心するばかりなのである。感心というより、それは尊敬の念に近かった。

母琴舟に死なれ、父十左衛門も他界し、本来落ちぶれるはずの境遇が、こうして風祭家に救われた身としては、千之介と登勢にはどうしても頭が上がらない。

この先立派にやっていく自信もなく、そんな情けない、ないない尽くしのなかでなんとかやってこられたのは、百太郎が生来持っている気性の明るさゆえである。能天《のうてん》気《き》といってもよいのかも知れない。それは母親譲りだと思っている。

武家と町人の間に生まれた子だが、百太郎の心情は町人そのもので、武張った侍には到底なれない。

剣の筋は悪くないと千之介に言われ、道場にも通って稽古《けいこ》に出精《しゅっせい》してはいるが、まだ印可《いんか》を受けたわけではない。千之介などは柳生新陰流《やぎゅうしんかげりゅう》の極意を究《きわ》めた腕前なのだ。

元々百太郎には、人を斬るという覚悟がなく、斬るより斬られた方がよいと思っているくらいのへっぽこ侍なのである。

それで借り物の猫のような現状を打破するには、まずは手柄を立てねばと考え、百太郎は下城の後にこのような武家地の見廻りを、もう一年近くもつづけている。

下城して一旦駿河台下の屋敷に戻り、肩衣半袴《かたぎぬはんばかま》の定服を脱ぎ、着流し、羽織姿に身を変えて早々に出掛けて行く。登勢には夜廻りもお役のひとつですと言ってある。十左衛門はそういうことはしなかったので、登勢は百太郎をお役に忠実で熱心な男だと思っている。

百太郎としては何か事件に出会い、ものの見事に解決できたら男が上がると、思案した末の行動なのだ。

ところが現実は百太郎の思惑通りにはゆかず、事件に出くわすことなど滅多にない。たとえ何かが起こっても、武家の門は固く閉ざされ、内部での出来事は一切表に出ないことになっている。

以前に一度、さる大名家の裏門が開き、小者二人が大八車を引いて現れ、それに菰《こも》を被せたものが乗せられていたので、怪しんだ百太郎が近づいて身分を明かし、菰の中身を問うた。すると小者たちはそれを拒み、強引に行こうとした。百太郎が待てと言って取りつくと、藩邸から屈強な藩士数人が現れて取り囲んだ。藩士たちは殺気さえも漂わせ、百太郎に立ち去れとうながす。彼らの気魄《きはく》に圧倒され、百太郎は何もできずに引き下がるしかなかった。屈辱だった。

後日に調べると、邸内で小者が藩主に手討ちにされたことが判明した。菰の下には小者の骸《むくろ》があったのだ。斬られたわけはわからずじまいだった。

その一件があってから、百太郎はみずからを戒めてより一層剣術に身を入れ、奮励《ふんれい》努力《どりょく》を惜しまないようにしている。

しかし大名家の不審を調べるのは大目付のお役であり、目付の対象はあくまで旗本なのだ。また御家人の非行は徒目付、お小人目付らが当たることになっている。

支配違いを冒してはならないという不文律はあるものの、大名家の変事を百太郎が嗅ぎつけ、暴くとまではゆかずとも、それを大目付に知らせることはできる。陰謀や非道であれば、百太郎が事前に防いだことになり、お手柄には違いない。

だから百太郎の目はどうしても大名家の方に注がれる。

今やおのれも旗本の身分ゆえに、つい身内意識が働いてしまうのかも知れなかった。

今宵《こよい》の百太郎は神田佐久間町にいた。

数日前に安中藩中屋敷にねずみ小僧の出没があったという噂を耳にし、まず辻番《つじばん》で聞くと、盗難の届けなど出ていないと言う。

だがそんなことは当然で、ねずみ小僧の忍び込みを許したとなれば警備の不備が露呈し、世間の笑いものになるからだ。どこの大名家も不名誉なことは忌諱《きい》する嫌いがある。外聞の悪いことには蓋《ふた》をするのだ。

それで百太郎は藩邸の周辺で聞き込みを開始し、どうやら安中藩は百両がとこねずみ小僧に盗まれたことがわかった。藩士たちがそんなことを漏らすはずはないが、武家奉公人らの口に戸は立てられないのである。

中屋敷といえども三千四百坪もあり、延々と長い海鼠塀《なまこべい》を巡って百太郎は歩いている。

ねずみ小僧の捕縛《ほばく》は町方の仕事だが、おのれが捕まえても構わないと、百太郎は思っていた。

(ともかく手柄なんだよ。手柄さえ立てれば世間はおれを認めてくれるし、風祭家に男ありと誇れるのだ。そうなれば登勢様も千之介殿もきっとおれを見直してくれる。今や巷《ちまた》を騒がせているねずみ小僧こそ、おれが浮かび上がる恰好の材料ではないか)

今ここにねずみ小僧が現れてくれれば、何がなんでもひっ捕えるつもりになっていた。

痩身《そうしん》で首長、ひょろっと頼りない風情《ふぜい》で、青臭い顔つきの百太郎だが、それなりに緊張して表情を引き締めている。

ぱきっ。

近くで枯れ枝を踏む音がした。

とっさに百太郎はあたふたとし、身を屈めて息を殺す。

こんな刻限に藩邸の周りをうろつく人間などいるはずがない。いるとしたら、盗っ人しか考えられない。

(ねずみ小僧だったらいいよなあ)

ひたすら願った。

闇のなかから人影が現れた。小柄な町人体の男で、実に怪しい。黒っぽい小袖を着ているが被り物などはなく、特徴のない偏平《へんぺい》な面つきを月光に晒している。

百太郎が見守っていると、男は低い塀に手を掛けて軽々と飛び越え、あっという間に邸内へ姿を消した。

(あれはまさにねずみではないのか)

願いが的中したかと、百太郎は気を昂《たかぶ》らせた。

だがそれきり何も聞こえてこず、邸内で騒ぎも起こらない。

(ねずみはおなじ屋敷に何度も忍び込むというから、これは絶対に奴だ。味をしめたのに違いない。なんておれは運がいいんだ、こいつぁ春から縁起がいいぞ)

小躍りしたい気持ちになった。

待つこと久し。

やがて黒い影が塀の上に姿を現し、飛び降りて屋敷を後にし、すたすたと歩きだした。

百太郎は判断に迷いながら遠ざかるその背を見ていたが、ここで騒ぎは起こさず、男の住処《すみか》を突きとめることにした。足音をさせぬために草履《ぞうり》を脱いでふところにしまい、男の尾行を始めた。

尾行術などは探索の基本だから、義兄の千之介から教わっていた。

七

男は神田川を東へ向かい、ひたすら河岸沿いに歩いて行く。

神田川は真っ暗で、船の往来もないが、対岸の柳原土手《やなぎわらどて》から夜鷹《よたか》の媚《こび》を含んだ笑い声が聞こえてくる。夜の姫君たちの書き入れ時なのだ。

やがて男は浅草橋を左へ曲がり、寝静まった瓦町《かわらまち》の大通りを行き、路地へ入った。

すかさず百太郎が忍び寄り、物陰から男の動きを目で追う。

裏通りへ出ると六軒長屋が出現し、男の姿は木戸門を抜けてすぐの家のなかへ消えた。火打ちが擦られ、行燈《あんどん》が灯される。

それを見届け、どうしたものかと百太郎は迷った。経験不足だから捕物のあの手この手が思い浮かばない。こんな時、義兄ならどうするだろう。

以前に千之介が教えてくれた言葉が、脳裡《のうり》によみがえった。

「捕物に決まりなどない。事件に遭遇したらその時その場で考えろ。まず最初におのれに閃《ひらめ》いたことに忠実にしたがえ」

（だったら当たって砕けろだな）

百太郎は勇を鼓《こ》し、堂々と男の家へ向かった。いきなり油障子を開ける。

あぐらをかいて徳利の冷や酒を飲んでいた男が、あんぐり口を開けて驚きの表情を向けた。だが腹が据わっているのか、慌てず騒がず、男は妙に落ち着いている。

百太郎は土間へ入って油障子を閉めると、

「おまえ、ねずみ小僧であろう」

ずばり言ってみた。言ってすぐに自信がなくなった。

目の前にいる男の風采《ふうさい》は上がらず、取るに足りない小男で、満天下の喝采を浴びている大盗賊にはとても思えない。

すると男はきちんと座り直し、

「へい、その通りでござんす」

神妙な声で言った。

「ええっ」

百太郎の方が驚いてのけ反りそうになる。

「おい、そんなあっさり認めるなよ。一度ぐらい違うと言ったらどうだ」

男は呆気《あっけ》にとられたような顔になり、

「面白えお人がへえって来たぜ、こいつぁいいや」

小さな躰に似ず、大胆に笑う。

「何がいいんだ。本当にねずみなのか、おまえ」

「だからさっきからそうだと言ってるじゃねえですか」

「いや、しかし……」

「どちらの筋のお人なんですね。十手はねえようだし、町方とは思えやせんが」

「目付方だ」

「目付？　そいつぁまた……」

男は当惑する。

「おれの名は風祭百太郎である」

百太郎が胸を反らせた。

「へえ、あっしぁ次郎吉《じろきち》と申しやす」

言いながら、ねずみ小僧次郎吉は傍らのぐい飲み用の塗椀《ぬりわん》を取り、

「どうですか、まっ、いっぺえ」

「いいのか」

「初めて会った人にゃ思えやせんので」

次郎吉が酒を注ぎ、百太郎は框に掛けると「いやいや、どうも」などと言い、恐縮して椀を受け取り、きゅっと干して、

「なるほど、これは灘《なだ》のものだな。いい酒を飲んでるじゃないか」

「ねずみ小僧ですから」

ふてぶてしく次郎吉が言う。

「おまえ、からかってないよな」

「大真面目です」

「もう一杯」

百太郎が催促する。

「嬉しいねえ」

次郎吉に注がれて百太郎はまた飲むが、急に我に返ったようになり、

「いかん、こんなことをしていてはいかん。おれとしたことがどうしたことだ」

「ふん縛りやすかい」

「うむ……」

男を上げるにはここでふん縛るべきであろうが、百太郎の決意はぐらついていた。

「どうしようかなあ」

「やめといたらどうです」

「おれもそう思い始めている」

「そりゃどうして」

「おまえが悪党とは思えんからだろうな」

次郎吉はけたけたと笑って、

「いい夜だなあ」

「何がおかしい」

「こんなお役人見たことねえからですよ」

「おれもこんな盗っ人は知らんな」

二人が顔を見合わせ、爽《さわ》やかに笑った。

どうしてこんなに爽やかなのだ、と百太郎は自問自答する。答えは得られない。

（たぶんこの男との相性だよな。不思議と気が合うのだ。けど盗っ人と気が合ってど

うする）

百太郎には友人が一人もいない人恋しさもあるのだ。

「で、どうしやすね。決めて貰わねえことにゃこっちも困っちまう」

次郎吉は本当に困った顔になっている。

「なぜ困るのだ」

「逃げなくちゃいけねえじゃねえですか、そいつが面倒だ。今日は一日いろいろあって疲れてるんでさ。できりゃこのまま眠りてえんです」

「おれが帰ったらどうする」

「明日来たらあっしぁもういやせんね。この長屋はなしにしやす。なあに、あっちこっちに隠れ家をこせえてありやすからどうってことは」

「逃げるなよ」

「おめおめ捕まる馬鹿はいねえでしょ」

「しかしなあ……」

思案にあぐね、百太郎はつくづくと次郎吉を見た。

天下に名を轟《とどろ》かせているねずみ小僧の人相風体について、『甲子夜話《かつしやわ》』というものの本にはこう書いてある。

『ねずみ小僧次郎吉の人相なりしは、平顔《ひらがお》にて丸き方、肥肉の方なりて色白きなり。うすあばた有り。髪薄く、月代《さかやき》伸びたれど目立たず、眉は常人より薄き方。目は小さきなり。一体《ざっと》見たるところ、悪党の顔色《がんしょく》些《いささ》かもなく、如何《いか》にも柔和に人物よく、尋常なる職人体に見えしなり』

つまり実物はのっぺりとした丸顔で肉づきよく、色白であばたが少々あり、髪も眉も薄く、目が小さい。悪党らしくなく、穏やかな職人のように見える。要するにどこにでもいる吹けば飛ぶような平凡な輩《やから》で、まさにここにいる本人そのものなのだ。こんな男が大盗賊として世を闊歩《かっぽ》しているのだから、実像と虚像の乖離《かいり》が実に甚《はなは》だしいということになる。

当初の意気込みはどこへやら、百太郎はまた悩み始めて、

「ところでねずみ、安中藩の中屋敷だが、どうしてまた二度も入ろうとしたのだ」

「見てたんですかい」

「おまえをひっ捕えるつもりでいた」

「なるほど」

「今までもそういうことは聞いていたが、あの藩は高々三万石ではないか。二度も入るほど金が唸《うな》っているとは思えんが」

「違うんですよ、今日は盗みに来たんじゃねえんです」

「どういうことだ」

「とんでもねえ目に遭《あ》って、あっしゃ腹が立ってならねえんで」

「詳しく聞かせろよ」

「まあ、いっぺえ」

「やっ、すまんすまん」

二人の酒のやりとりを見ていると、目付と盗っ人という、敵対する関係とはとても思えなかった。

八

日が暮れ始めても、千之介は文机《ふづくえ》に向かって熱心に筆を走らせ、白楽天《はくらくてん》の漢詩を書き写していた。

白楽天とは白居易《はくきょい》の名で知られる唐《とう》の時代の詩人だ。

おなじ屋根の下につばめ床と住居はあるのだが、住居の方は八帖、六帖二間、三帖の四座敷で、千之介には一番広い座敷をおちかは譲り、自分は六帖間に引っ込んだ。

住み始めるなり、八帖はたちまち本の山となり、おちかが悲鳴を上げた。昼に千之介が出掛けては浅草界隈の書物問屋《しょもつどんや》で本を漁《あさ》り、購入してくるからだ。

表向き隠居願いを出して風祭家を退き、つばめ床へ来てからの日常は、若隠居の遁《とん》世《せい》生活そのもので、心から自由を謳歌《おうか》していた。

そんなおのれの姿を思い、千之介は時折ひそかに苦笑することもあった。それは満足な笑みでもあるのだ。

それほどにおちかとの新生活は実に心楽しく、毎日新鮮な驚きや発見があり、野《や》に下った身として、こうなったことを悔やむ気持ちはまったくなかった。

あたしは古風な女なんですと、おちかが言っていた言葉は手前味噌などではなく、千之介にとことんよく尽くす女であった。

それもただ男の言うがままの女ではなく、また男の膝に泣き崩れる女でもなく、おちかには芯があり、考えもあり、自分さえ納得すれば信義を全うするのだ。その中し分のなさは母の登勢を彷彿《ほうふつ》とさせ、まるでそれが千之介のなかで継承された女人像のように実を結び、彼を安堵《あんど》させるのだ。

近い日、千之介は折を見て登勢とおちかを引き合わせようと思っていた。

つばめ床で生活するに当たり、おちかの差配《さはい》で花川戸の堀川で一席設け、周辺の馴れ親しんだ人たちを呼んでお披露目《ひろめ》を行った。

髪結のお汐、お米、剃出しのお仲、両隣りの白雲堂善兵衛、三春屋和助、一膳飯屋の高砂屋勝吉、その他つばめ床に来る常連客の三十人ほども押し寄せたから、大広間はいっぱいになった。

初めは誰しもがまだ馴染みのない千之介に違和感を持ったようだったが、宴たけなわとなる頃にはようやく皆が打ち解けてきた。

やがてそこへ車力の大六が、母親のお石と倅の太助を連れておずおずと入って来た。場違いな無法者の闖入《ちんにゅう》に、一同が固唾を呑むようにして静まり返った。

おちかも呼んだ覚えがないので困っていると、千之介がひと言、「おれが呼んだのだ」と言った。なぜ呼んだのか、千之介の口から説明はなかった。

しかし千之介の考えでそうしたのだからおちかは否《いな》やは一切唱えず、大六一家を歓待した。

それを見ていた一同は、千之介とおちかの関係がよくわかり、単なる髪結の亭主とは違うのだと、千之介への見解を改めた。

大六はしらふだと無口でろくに挨拶《あいさつ》もできず、すぐには座に打ち解けられないでいた。それでもお石に言われて頭だけは下げて廻った。酒を勧められてもその日の大六は断りつづけた。

するとと太助が千之介の前へ来て、「お父っつぁんを有難う」と蚊《か》の鳴くような声で言ってぺこりと頭を下げた。

千之介は何も言わず、袂《ふところ》をまさぐって有りったけの鳥目《ちょうもく》を太助に与えた。おちかなどは残った料理を幾つもの折詰《おりづめ》にし、太助に持たせた。

そんなおちかを見ていて、お力がうらやましそうに囁いた。

「あんた、本当はいい人だったんだねえ」

「何その棘《とげ》のある言い方。あたしは生まれた時からいい人よ。あんたとは違うんだから」

「あたしも頑張るわ」

「何を頑張るのよ」

「男に決まってるじゃない。けどねえ、今日日《きょうび》けちな男が多くてさ、あんたは本当に運がいいわよ」

「隣りの植木はよく見えるのよ」

「そんな格言あったっけ？」

「なかったっけ？」

二人してぱっと笑った。

それを横で聞いていて、千之介は知らん顔でいたが、この庶民たちのなかにこそ真実の人間の姿があるような気がして、思いを新たにしたものだった。


筆を止めてひと休みしていると、おちかが入って来た。

「あのう、おまえさん、お客さんなんですけど」

旦那と言うのをやめて、おちかは千之介をおまえさんと呼ぶようになっていた。

「誰かな」

「弟君です。お武家さんらしくなくて、感じのいい人ですねえ。初対面のあたしと顔を合わせるなり真っ赤んなって、可愛いったらありゃしません」

百太郎には過日、つばめ床のおちかと暮らし始めた経緯を文に認《したた》め、知らせておいたのだ。しかしお披露目の日に呼ぶことはしなかった。

「百太郎なら構わん、ここへ呼んでくれ」

「実はもう一人連れがいましてね、その人も一緒にいいですかと、百太郎さんは言ってるんですけど」

「どんな連れだ」

おちかはもじもじとして、

「それが……お武家仲間じゃなくて、百太郎さんにはまったくそぐわない、ええと、なんと言いますか……そこいらのちびた職人風の人なんです。もちろんおまえさんにも合いませんね」

九

おちかの案内で座敷へ入って来ると、百太郎は千之介に向かって身を硬くして正座し、無沙汰《ぶさた》の詫びを述べ始めた。それもしどろもどろで、聞き苦しい。

その後にしたがって来たねずみ小僧次郎吉は、兄弟とは聞いていたが、二人の面立ちにあまり相似が見受けられず、また千之介に対しての百太郎の態度が、兄というより上役にでもするように敬《うやま》い、畏まっているので、奇異な思いがした。

百太郎の後ろに隠れるようにして座り、ちらちらと千之介を窺いながら、次郎吉は胸の内でこう思った。

(百太郎さんは気安くていいけんど、兄貴の方はどうもなあ……隙はねえし、砕けたお人柄にゃとてもじゃねえが見えやしねえ。やり難いぜ、こいつぁ。百太郎さんはなんだって連れて来たんだ。苦手なんだよ、こういうさむれえはよ)

千之介が百太郎に言う。

「文にも書いたがこういうことに相なった。母上には折を見ておちかを引き合わせるつもりでいる。委細《いさい》、承知してくれ」

百太郎は恐縮して、

「いえ、すべて兄上のお考え通りに。わたくしの方に異存はございませんので」

「して、今日はなんだ。飯を食いに来たのならおちか共々、どこぞへうまいものでも食いに行くか」

「それは後日ということに致しまして、実は今日はこの男を兄上にお引き合わせしたいのです」

百太郎は次郎吉にふり返り、「もそっと前へ出ろ」と言う。その時だけ威張った口調になる。

次郎吉が緊張の面持ちで膝行《しっこう》した。千之介の目が怕く、まともに見られない。

「兄上、こ奴、何者だと思われますか」

「うむ？」

千之介は眼光鋭く次郎吉を見て、

「堅気《かたぎ》ではないようだな」

百太郎がびっくりして、

「ええっ、どうしてそう思われるのですか。誰が見ても素っ堅気の職人風ではございませんか」

「そのように作ってはいるが、尋常な輩ではあるまい。目の配り、物腰、どんな場所にいても、まず逃げ道を先に見つけることが身についている男と見たが、どうだ」

千之介の慧眼《けいがん》には怖ろしいものがあった。次郎吉は百太郎と驚きの視線を交わし、たじたじとなる。

だがそこは百戦錬磨《ひゃくせんれんま》のねずみ小僧だけに、図太く開き直るようにして、

「てへっ、めえったな、こいつぁ。ずばりそんな風に見破られたな初めてでござんすよ」

「当てずっぽうに言ってみたが、その通りなのか」

「へい、恐れ入りやした」

「ではおまえは何者だ」

「ねずみ小僧次郎吉と申しやす」

千之介の顔に皮肉な笑みが広がった。

「百太郎」

「はっ」

「おまえ、面白い男と知り合ったな」

「そ、そうなんです、本当に面白い奴なんですよ、こいつは。天下に悪名を轟かせておきながら、実際はそんな悪党ではなくてすこぶるいい奴なんです。昨夜知り合ったばかりなんですが、すっかり意気投合《いきとうごう》してしまいまして」

安中藩にねずみ小僧が忍び込み、百両を盗んだ事件を聞きつけ、ひっ捕えようとしていたら張本人が現れたので、瓦町まで尾行し、長屋に踏み込んだまでの経緯を百太郎が語った。

「だが百太郎、おまえは人を見る目がない」

千之介の言葉に、百太郎は少なからず狼狽《ろうばい》して、

「そうでしょうか。ではこの男はわたくしを利用しているとでも?」

それには答えず、千之介は次郎吉から目を離さない。

すると次郎吉はけつをまくるようにして、

「千之介の旦那、冗談はおよしさんにして下せえやしよ。この百太郎さんにどんな利用価値があるってんです。まだほやほや新米のお目付さんでなんの力もねえ、あっちこっちに顔が利くわけでもねえ。言っちゃなんですけど、そんな取るに足りねえ若ざむれえをどう利用するってんですね。聞かせて貰おうじゃねえですか」

「では何がよくて盗っ人が目付とつき合う」

「お人柄ですよ、この人の」

「まだ半人前だ」

「わかってねえなあ、そこがいいんじゃねえですか。つまりこの百太郎さんは世間の垢に汚れてねえ、染まってもいねえ。まっすぐ、まっとうにお役を全うしようとしていなさるんだ。可愛いじゃねえですか。だからあっしは心を開いたんですよ」

百太郎が慌てて、

「お、おい、次郎吉、兄上にあまりずけずけものを言ってくれるな。そのくらいにしておけって」

取りなす百太郎を、次郎吉はふり払うようにして、

「千の旦那、あっしぁ確かに世間の裏街道を歩いてる屑ですがね、人を泣かせたこと、非道を犯したことはただの一度もねえんです。一寸の虫にも五分の魂《たましい》があるってこと、忘れねえで下せえやし」

千之介が莞爾《かんじ》としてうなずいた。

「それでよいぞ、ねずみ」

「へっ？」

次郎吉が肩透かしを食らったような顔になる。

だがそれきり千之介は何も言わない。

次郎吉は薄気味悪くなり、千之介の真意を探るように見ていたが、ようやく自分が試されたのではないかと思い至り、

「ひょっとして、旦那はあっしから本音を引き出そうとしなすったんじゃあ……」

千之介は答えず、百太郎に目を転じて、

「今日はねずみを引き合わせに来ただけなのか。おれにはほかにもくろみがあるように思えるが」

百太郎は表情を引き締め、次郎吉と見交わして、

「何もかもお見通しなのですね、兄上は。時に怖ろしくなることがありますよ」

「本題に入れ」

「次郎吉、おまえから話せよ」

「へ、へい」

次郎吉が膝を進めて、

「三日めえに安中藩の中屋敷に忍び込んだ時のこってして」

千之介が腕組みして聞く態勢に入る。

「いつもの伝で奥の院に辿《たど》り着きやして、二つ三つの座敷で金子を探っておりやすと、運悪く見廻りのご家来衆に見つかって騒ぎんなりやした。慌てたな向こうの方で、こっちは落ち着いておりやす。それで一旦は逃げて追手を巻いて、また元の奥の院へ戻ってめえりやした」

「なぜ戻る、捕まってしまうではないか」

百太郎が怪訝《けげん》に言うと、次郎吉はにんまり笑って、

「こいつぁあっしがよく使う手で、逃げた奴がまた元へ戻るとは誰も思いやせん。案の定その日も追手は外へとび出して、どこまでも追って行きやしたよ。それで今日は失敗ったと思って引き揚げようとしてたら、下働きの若え娘が小座敷にこそこそとへえって来たんです」

千之介がきらっと、興味をそそられた目になる。

百太郎はすでに聞いているから、余裕の表情でいる。

「お仕着せを着た尋常な女中でしたが、あろうことか、娘は手文庫のなかの百両を猫ばばして出てっちまったんでさ。その女中を咎《とが》めるこたあっしにゃできやせんよねえ」

千之介は話の先を目でうながす。

「ところが翌日んなると、ねずみ小僧が百両をかっさらったことになってるじゃねえですか。かあっと頭に血が昇りやしたよ。やってもいねえ罪をおっ被せられたんじゃたまったもんじゃござんせん。それで次の日から屋敷の周りをうろついて、女中のことを聞き込んだんです。あんな小娘がなんだってこんな大胆なことをするものかと、解《げ》せなくてなりやせんでした。夜んなるとまたお屋敷にへえって、娘が働く姿を見に行きやした。百太郎さんにお会いしたなそんな時でした」

「素性は知れたのか」

千之介が問うた。

「へえ、通いの女中でお松《まつ》と申しやす。神田明神《みょうじん》の近くに住んでおりやして、親一人子一人で、病気のお父っつぁんを抱える身でござんした」

武家奉公の女中は二つに分かれ、御家人の娘などは奥向きとなり、町人の娘は下女を務めることになっていた。

次郎吉は千之介へ向かい、神妙な様子になって、

「この娘をどうしたものか、つかめえてとっちめるな簡単ですが、病気のお父っつぁんのことを考えやすと腰が引けやす。といってみすみす百両を……思い余って百太郎さんに相談したら、お兄上ん所へ行こうということんなりやして、それでこうして」

「兄上、どう思われますか。いや、この一件どんな決着をつけたらよいものかと」

「百太郎、おまえは引け」

「はっ？」

「お役に専念するのだ」

「しかし、それでは」

「おれとねずみとで調べてみる。決着はそれから考えよう」

「はっ」

千之介の下知《げち》は、百太郎にとっては天の声のようなものだから、それで恐懼《きょうく》して承諾した。

次郎吉は兄弟の様子を傍観していて、

（はは一ん、この兄弟は兄さんが強え力を持ってるんだな。人の好い弟の方はへぼってことか。だったらつき合い方を変えなくちゃいけねえ。兄貴を立てときゃ間違いねえだろ）

抜け目なく胸算用《むなざんよう》した。

力のある方へなびくのは、弱者の常なのである。

十

百太郎を先に帰し、千之介が外出の支度をしている間、次郎吉は所在なげに残って待っていた。

そこへおちかが入って来て、

「おまえさん、百太郎さんお帰りんなりましたけど」

「うむ」

相変わらず無愛想な千之介の返事だ。

次郎吉がすかさず愛想を浮かべ、ぺこぺこ頭を下げて揉み手をし、

「こりゃ女将さん、改めやしてご挨拶を。あっしぁ深川の方で、蜆《しじみ》の仲買をやっておりやす和泉屋《いずみや》次郎吉と申しやす」

おちかは如才《じよさい》なく会釈《えしやく》して、

「おや、そうですか。ちかと申します」

「表の髪結床、なかなか繁昌してるようじゃござんせんか。女将さんのお人柄がよろしいようで」

「まっ、そんな。お口がお上手《じようず》ねえ、次郎吉さん」

「こちらのご兄弟とはこれからご昵懇《じっこん》にさせて頂くつもりでおりやす。女将さんもよろしくお願えのほどを」

「はい、こちらこそよろしく」

おちかが承知して去ると、千之介は次郎吉をうながして裏手へ向かい、

「われらと昵懇にするつもりなのか」

「へへへ、お嫌でなかったら」

「損得の算盤《そろばん》を弾いたか」

「い、いいえ、滅相《めっそう》もねえ。そういうわけじゃござんせんよ」

千之介の突っ込みに、次郎吉はたじろぐ。

「盗っ人とつき合うには覚悟がいる」

「へえ、どんな？　旦那のふところなんざ間違っても狙いやせんぜ。こちとら掏摸《すり》じゃねえんで」

「おちかを見るおまえの目は尋常ではなかった」

次郎吉はどぎまぎとなって、

「だってあれだけの別嬪《べっぴん》見たら、誰だって。変な気は起こしちゃおりやせんよ」

「おまえが盗んでよいのは金だけだ」

次郎吉が慌てて跳び下がり、

「と、とんでもねえ、そんなことするわけがござんせん。ましてや旦那のかみさんじゃ尚更《なおさら》だ。首を落とされたくねえですから」

次郎吉が思わず首に手をやった。

すると千之介は冷笑を浮かべ、

「戯《ざ》れ言《ごと》だ。気にするな」

とても戯れ言とは思えず、次郎吉は肝を冷やした。

(この人は存外焼《や》き餅《もち》焼きなのかも知れねえぞ。あらぬ疑いをかけられて、刀の柄にでも手が掛かったらお陀《だ》仏《ぶつ》だ。くわばらくわばら……今度からおちかさんとはそっぽ向いて話そう)

神田川沿いに神田明神方面へ向かい、二人は歩を進める。その姿はまるで虎と鼠のようだ。

薄日は差しているが、風は身を切るように冷たい。

「たまたまとは思えんな」

千之介がぽつりと口を切った。

「へっ？　なんのこってすね」

「百両猫ばばの件だ」

「いやあ、たまたまでござんしょうよ。ねずみ騒ぎに乗っかって、お松は出来心であの百両を。そうとしか考えられやせんが」

「おまえは一つの屋敷に狙いをつけると、どれほどの支度をする」

「目をつけたら十日ぐれえ前から屋敷の周りを嗅ぎ廻りやす。時には売り商いに化けたりしてなかのことを調べるんで。雇い人にいろいろ聞いてるうちに、おおよその察しがついて忍び込みって段取りに。大名屋敷なんざどこも似たりよったりですから、それほど大仰《おおぎょう》に構えるこたござんせん」

「何人かに顔を見られているわけだな」

「そりゃ、まあ……けどねずみとは勘づかれてねえつもりですが」

「一人だけ、気づいた奴がいるとしたら」

「えっ」

次郎吉が青くなった。

「さすればそ奴におまえの狙いがわかり、謀《はかりごと》をめぐらせることも叶《かな》うな」

「それがお松なのか、あるいはつるんでる奴がいるんじゃねえかと？」

「だとするなら、これは小娘一匹の思案ではあるまい」

「お松は今日は非番のはずですが」

「決着は早くつくかも知れん」

十一

見世物小屋の並ぶ両国《りょうごく》広小路の裏通りに、赤提灯に『鯰屋《なまずや》』と書かれた大きな居酒屋があった。

たそがれのうちから店内は混み合い、酒に酔った男どもが大声で笑い、女の嬌声《きょうせい》も聞こえている。馬喰《ばくろう》や駕籠《かご》舁きなどのあらくれから、無宿人、ならず者の類がひしめき、極めて柄の悪い掃き溜めのような店だから、堅気の人間は近づかない。

そこへ木綿《もめん》の襤褸《ぼろ》を着た貧しい娘がやって来て、戸口の所で怖々《こわごわ》なかを覗き見た。

それはお松で、純なおぼこ娘だ。

お松が店内に入れずに逡巡《しゅんじゅん》していると、それに気づいた馬喰がぬっと顔を突き出した。

馬喰はじろじろと露骨な目でお松の肢体を眺めながら、

「ここはおめえなんかの来る所じゃねえぞ、とっととけえれ」

「あ、あのう……」

「なんだ、尋ね人か」

「七次《しちじ》さん、いますか」

お松はうつむいたままで、やっとそれだけ言えた。

「いねえな、そんな奴は」

からかおうとした馬喰が、お松の真剣な目にぶつかり、ほだされて舌打ちし、なかへ声を掛けた。

「おう、七次、客が来てんぞ」

奥の小上がりで五、六人の仲間らしき連中とおだを上げていた七次が、その声にすぐに反応し、人を掻《か》き分けてとび出して来た。月代を剃り上げ、堅気のお店者風《たなものふう》に作ってはいるが目つきに油断がなく、のっぺりした面相で二枚目気取りの男だ。

「お松、首を長くして待ってたぜ。首尾はどうだったい」

こくっとうなずき、お松はすり寄って、

「あたし、大変な罪を犯してしまったわ。今日は非番だけどもうお屋敷には戻れない。病気のお父っつぁんを抱えてこの先どうすればいいの、七次さん」

深刻に胸の内を打ち明けた。

「まあ、落ち着けよ、お松」

七次はお松をなだめ、辺りを憚《はばか》って店から離れ、彼女を誘って路地へ入って行った。

その暗がりで七次はお松の肩に手をやり、

「早く拝ませてくれよ、百両」

お松はふところから袱紗《ふくさ》包《づつ》みの百両を取り出しながら、

「この百両があれば七次さんは助かるのね。お店の人は訴えないと言ってくれてるのね」

「ああ、そうだ。すまねえな。おいらが使い込みさえしなけりゃおめえにこんな苦労をかけることはねえんだ。もう二度とお店の金にゃ手を付けねえよ」

「約束して」

「誓うよ、お松」

「よかった、安心したわ」

「おめえが口を拭ってりゃわかりゃしねえ、百両盗ったのはねずみ小僧なんだ。このまま奉公をつづけたらどうだ。二人して懸命に働いて、もう少ししたら一緒んなろうぜ」

「それは嬉しいけど、でもできないわ。騒ぎをいいことにあたしはお屋敷からお金を盗んだのよ。それは本当なんだから黙ってるのはよくない。ねずみ小僧って人にも悪いわ」

「くわっ、泣かせるじゃねえか」

うす暗い路地の奥から次郎吉の声がした。

七次がぎょっとなって、とっさにふところに呑んだ匕首《あいくち》に手を掛けた。

のっそりと次郎吉が現れた。

とたんに七次の面上に狼狽《ろうばい》が走った。明らかにねずみ小僧次郎吉を知っているようだ。

「お松さんとやら、目を覚ましな。おめえさんは騙《だま》されてるんだぜ」

「ええっ」

「その野郎はまともなお店者に作っちゃいるが、うめえこと化けの皮を被ってるのさ。正体は鞍馬《くらま》の七次って盗っ人なんだよ。おれも同業だからよく知ってるのさ」

七次は目を伏せ、押し黙る。

「やい、七次、てめえ安中藩を探ってるおれを近くで見かけたんだな。それでおれの忍び込みを知ってお松に近づいた。こんなおぼこはおめえの手に掛かりゃ造作もあるめえ。それでねずみが仕事をするから、騒ぎに乗じて百両をかっぱらえと指図した。

そうだろ」

七次は刺すような目を次郎吉に向ける。

お松は烈しく動揺し、俄《にわか》には信じられない顔で七次を見て、

「そんな……嘘でしょ、七次さん。あたしを騙したの？」

暗い顔で七次は目を逸らす。

「確かにこの人が言うようにあたしは七次さんの指図通りにしたわ。それでねずみ小僧が押入って来たから宿直《とのい》の人たちに知らせた。騒ぎをよそにお屋敷の百両を盗ったけど、生きた心地がしなかった。それもこれも、あんたがお店のお金を使い込んでお縄になるって言うから、あたしは助けるつもりで」

「はん、おきやがれ。騙されたおめえが間抜けなんだよ」

七次が言い放ち、お松の手から百両包みを奪い取った。その勢いでお松は後ろにすっ倒れる。

次郎吉がはっとなって、

「七次、その金をけえせ」

七次が鯰屋へ駆け戻って行くと、一方から千之介の黒い影が現れた。物陰で一部始終を聞いていたのだ。

千之介は次郎吉にうなずいておき、七次を追って行く。

次郎吉がお松を助け起こし、

「悪い夢を見たな、おめえ」

「いけないのはあたしなんです、この足で自訴《じそ》します」

「お父っつぁんはどうするんでえ」

お松が声を詰まらせ、うなだれた。

「百両はおれっちが取り戻してやらあ。だからおめえはそれを元の所へけえして、今まで通り奉公をつづけな。ねずみが盗ったはずの百両がいつの間にか戻って大騒ぎになるかも知れねえが、それでおめえの気は収まるだろう。お屋敷じゃおめえは働き者だって評判らしいな。みんなよくしてくれるんだろう。そんな結構な奉公先をふいにするこたねえやな」

「でもあたしは……主家を裏切った悪い女なんです」

「それがわかってりゃ十分だ。もうつまらねえ男にたぶらかされるんじゃねえぞ」

次郎吉が背を向けて行きかけた。

「あの、おまえ様は……本当にねずみ様なんですか」

「正真正銘、おいらが噂のねずみ小僧よ」

次郎吉は見得を切るようにして言い、消えた。

七次が鯰屋から仲間たちと共に、殺気をみなぎらせてとび出して来た。

「ねずみ小僧をひっ捕えるんだ。こいつぁ大手柄だぞ。奴を半殺しにして突き出してやろうじゃねえか」

仲間たちが呼応し、気勢を上げる。

一団の前にぬっと千之介が立った。

「な、なんだ、てめえは」

七次がたたらを踏んだ。

「半殺しはおまえたちだ、叩けば埃《ほこり》の出る屑どもが」

千之介が目にも止まらぬ早業で抜刀し、刀の峰を返した。

七次たちもそれを見て色を変え、一斉に匕首を抜く。

千之介が地を蹴って突進し、男たちを次々に打撃して行った。肉を叩かれ、骨を折られた男たちがたちまち血へどを吐いて転げ廻った。

千之介が七次を追い詰め、その額に刀の峰を叩き込んだ。

「がはっ」

叫んで七次が気絶する。

千之介は七次に屈み、そのふところから百両包みを押収した。

そこへ夜廻りの町方同心が、岡っ引きや下っ引きらを連れて駆けつけて来た。

千之介は刀を鞘《さや》に納めると、同心に向かって一礼し、慇懃《いんぎん》な口調で、

「この者、鞍馬の七次なる賊にござる。篤《とく》と詮議《せんぎ》の上、罪状を明白にして頂きたい」

言い残し、後をも見ずに立ち去った。

十二

風祭家の広い庭園を、登勢とおちかが散策していた。

その後から千之介が居心地悪そうな様子でついて来ている。

空はこよなく晴れ、雲一つない。

登勢は五十に垂《なん》んなんとするも肌の色艶よく、表情は柔和で背筋がまっすぐに伸びて姿勢がよく、きらびやかな御殿衣装《ごてんいしょう》もよく似合い、矜持《きょうじ》を持って生きている女性《にょしょう》であることがわかる。若き日の美貌《びぼう》の面影も垣間《かいま》見える。

おちかの方もそれに負けずに艶《あで》やかな小袖姿で、薄化粧を施した貌《かお》にはそこはかとない風格さえ滲《にじ》ませている。だが落ち着き払っているように見えていても、おちかは

緊張で破裂しそうになっている。

おちかの素性から生い立ちその他を、登勢は千之介から聞かされた上で、

「ちか殿、平安の昔の女たちのことを教えましょう」

登勢が口を切った。

おちかは襟《えり》を正して「はい」と答える。

「その頃は女の方が男の上に立っていたそうなのですよ」

「え……」

「男が女に傅《かしず》いていたのです。下々のことはわかりませぬが、公卿方《くぎょうがた》はそうしていたようです。女が蔑《さげす》まれるようになったのは戦国からでございましょうね。国盗《くにと》りの男たちは猛々《たけだけ》しくなり、荒らぶれた末に女をものともしなくなったのです」

おちかはこほんと咳払いをし、言葉を選ぶようにしながら、

「お母様はどちらのおなごがよいと思われますか」

「むろん平安の御世《みよ》ですよ。その頃の男たちは女の値打ちがわかっていたのです。そうは思いませぬか、ちか殿」

「はあ……」

おちかは疑念の表情で、

「幾歳《いくとせ》変わりましょうが、女は女かと思いますけど」

「と申すと？」

「どんな時でも女は男を立て、したがうものと。それで世の中がうまくゆけば、丸く納まればよいのではございませんか」

登勢は毅然《きぜん》とした目でおちかを見ると、

「そなたはそういう考えですか」

「古臭い女なんです」

「……」

「お気に障《さわ》られましたか」

「いいえ、人の意見は意見ですから」

登勢は千之介をふり返り、

「これ、千之介、黙っておらずと何か申せ。そこ元は女の下につくのは嫌なのであろう」

「むろんです」

「ではちか殿の意見には」

「異存ございませぬな」

登勢が怒りだすのかと思っておちかははらはらしていたが、あにはからんや、登勢は満面の笑みを浮かべたのである。

「お母様……」

登勢は晴れやかな表情で二人を交互に見ると、

「よい気分です。千之介が学問吟味に受かった時のようなよい気分です」

千之介とおちかが見交わす。

「それでよいのですよ、ちか殿。男が女に傅いてなるものですか。女がしたがってこそ、世の中もお家《いえ》もうまくゆくのです。男は外へ出たなら、七人の敵と闘ってゆかねばならぬのですからね」

「はい」

「さっ、そろそろご馳走ができている頃ですよ。三人で楽しく頂きましょう」

登勢が先に立ち、母屋《おもや》の方へ立ち去った。

二人はその後を行きながら、

「おまえさん、あたし、汗掻いちまったわ。熱くもないのに」

「試したな、母上め」

「えっ、なんのこと？」

「おまえは風祭家の花嫁吟味に受かった。母上は一筋縄ではゆかぬ女よ。それをおまえはものの見事に討ち果たした」

「討ち果たしただなんて、嫌だわ、そんな言い方。お母様に勝ったって嬉しくないもの」

千之介は嬉しそうだ。

「でもあんな立派なお母様と一緒に、百太郎さんはどうやって暮らしているのかしらね」

「だからねずみ小僧と出くわした」

話が飛躍するので、おちかは面食らい、

「どうしてねずみ小僧が出てくるんです」

「和泉屋次郎吉、奴こそねずみなのだ」

「ええっ」

おちかは仰天して二の句が継げない。考え込んでしまう。気づいて慌てて千之介の後を追って、

「ちょっと、おまえさん、それって本当なんですか。こないだ来たあの人が本当にねずみ小僧なんですか。だったら捕まえないと」

「百太郎の友人だ、それはできん」

「んまあ」

「使えるぞ、あの男は」

「使うって、なんに使うんです。おまえさんの言っている意味がさっぱり」

「おちか、末永くな」

唐突《とうとつ》にそれだけ言い、千之介は先に行く。

「殺し文句だ……」

つぶやき、おちかは茫然《ぼうぜん》と佇立《ちょりつ》している。やがてみるみる歓喜が沸《わ》き上がってきて、笑みがこぼれ出た。

そして笑みの後には、泪《なみだ》がひと筋頰を伝い落ちた。

第二話　殺しを囁く

一

「あ、ほれ、あ、ほれほれ」

その男は調子のいい掛け声で剣玉《けんだま》を自在に操り、紐《ひも》で結ばれた木製の球を皿状の上で受け止め、あるいは尖《とが》った先端の剣の部分に刺したりし、それを器用な手つきで繰り返している。

うす汚れた五、六人の町人の子供たちが周りに集まり、見たこともない遊具に吸いつけられるような視線を注いでいる。

剣玉は文化三年（一八〇六）にわが国へ渡来してきて、武家の婦女子の間で遊具としてひそかに楽しまれていた。しかしおよそ二十年経た文政の今になっても、庶民の所までは広まっていなかった。

男は町人のなよっとした若造で、蔭間《かげま》のような若衆髷《わかしゅまげ》に結い、紺地《こんじ》に変わり霰《あられ》の小《こ》紋《もん》を気障《きざ》ったらしく着こなしている。そんな風情から察するに、どうやら生業《なりわい》を持たない遊び人のようだ。

ついぞ見かけぬよそ者なのに、男が子供たちの人気を集めているのはひとえに剣玉のお蔭なのである。

そこは浅草駒形町《こまがたちょう》の裏通りで、男は剣玉の手を休めぬまま、あたかもそれに夢中な様子でわき目もふらず、ある商家の木戸から裏庭へと入って行った。引き寄せられるようにして子供たちもぞろぞろと後につづく。

裏庭の向こうは母屋《おもや》と渡り廊下でつながった隠居所の建物で、冬にしては暖かな昼前の日差しを浴びながら、ご隠居が小判に息を吹きかけては布で金ぴかに磨いていた。その数は幾十枚はあろうかと思われた。

「あ、ほれ、あ、ほれほれ」

そう言いながら姿を現した男に、ご隠居は初め怪訝《けげん》な目を向けたが、男を取り巻いた子供たちを見て柔和な笑みになり、怪しむことを忘れてまた小判磨きに戻った。人の地所に入るなと取り沙汰《とざた》するのがふつうだが、ご隠居はのどかでおおらかな人柄のようだ。

ご隠居の小判磨きはいつものことで、せっせと磨いて小判に感謝の意を表しているつもりらしく、そのことは近所では周知になっていた。

剣玉の音がすぐそばまできたので、ご隠居はさすがに咎《とが》めるような顔を上げた。その左目にぐさっと剣玉の剣が突き刺さった。間髪《かんはつ》を容《い》れず、目から引き抜かれた剣玉の剣はご隠居の喉《のど》をも刺し通したのである。

子供たちの目の前で行われた惨劇《さんげき》は、だがすぐには表に伝わらなかった。静かなままなのである。

あまりのことに子供たちは茫然《ぼうぜん》となって自失し、声も発せられず、全員がその場に凍りついたようになってしまったのだ。

そんななか、男は悠然と血染めの小判を一枚残らず掻《か》き集め、剣玉と共にふところにねじ込むや、子供たちなど一顧だもせず立ち去った。

暫《しばら》く経ち、子供の一人が火が付いたように泣きだし、全員が大声で叫んで恐慌をきたした。そこへ母屋の方から家人が駆けつけ、大騒ぎとなった。

商家は駒形町でも大店《おおだな》の乾物卸問屋《かんぶつおろしどんや》ゑびす屋で、殺されたご隠居は利兵衛《りへえ》といい、盗まれた金子《きんす》は三十両であった。

知らせを受けた自身番《じしんばん》から町役人《ちょうやくにん》が月番の北町奉行所まで走り、定廻り同心その他の役人が大勢駆けつけて来て、駒形町一帯に非常線が布《し》かれた。界隈《かいわい》はものものしく役人で固められ、下手人追捕《げしゅにんついぶ》に町火消し、鳶《とび》の衆らも狩り出された。

やがて次々に情報が集まってきて、下手人の正体が知れた。

下手人は乙若丸《おとわかまる》と名乗る稚小姓《ちごしょう》上がりの無宿者《むしゅくもの》で、品川宿《しながわしゅく》でおなじ手口の犯科《はんか》を犯し、お尋ね者となっていた。品川宿では米問屋の老婆が剣玉の犠牲になり、二十両の金子が奪われた。

乙若丸はなよっとした女のようなやさ男なのに、重ねた非道は残虐極まりないもので、事件内容を知らされた浅草界隈の人々は心胆《しんたん》寒からしめられた。

やがて乙若丸は次なる兇行を起こした。

下谷《したや》三味線《しゃみせん》堀《ぼり》で、逃走中の乙若丸と遭遇《そうぐう》した浅草橋場《はしば》の文蔵《ぶんぞう》という岡っ引きが、やはり剣玉の剣先と思われる兇器で肺腑《はいふ》を抉《えぐ》られて殺されたのである。

乙若丸はそのまま逃げたという。

橋場の文蔵は、髪結おちかの父親が火消しの頭《かしら》をやっていた頃からの旧《ふる》い知り合いだった。

文蔵は少女のおちかを肩車し、よく奥山《おくやま》の盛り場へ連れて行ってくれ、町内の縁日などにも伴ってくれたりして、この何年も会っていなかったが、それらの楽しい記憶はまだ鮮明におちかの脳裡《のうり》に残っていた。

文蔵の死を知らされたおちかは取るものもとりあえず橋場の文蔵の家へ駆けつけ、その無残な骸《むくろ》を見て愕然《がくぜん》となった。同時に烈しい怒りが突き上げてきた。

つばめ床の家へ戻るなり、亭主である風祭千之介におちかは文蔵とのこれまでのつながりを語った上で、憤怒《ふんぬ》を浮かべて訴えた。

「おまえさん、この下手人、なんとしてでも捕まえて下さいな。お役人の詮議《せんぎ》を待っちゃいられません。仇《かたき》を討って下さいまし」

千之介は何も言わずに家をとび出すと、まずは並木町の自身番へ赴《おもむ》き、事件の概要を町役人に問うた。

それで乙若丸に関する情報を得ておき、三味線堀へ向かった。周辺にはまだ役人が何人か残っていて、そのうちの岡っ引きの一人から乙若丸の足取りを聞きだした。

それによって、乙若丸は下谷から湯島《ゆしま》、本郷《ほんごう》方面へ逃げたらしいことがわかった。

千之介はさらに足を伸ばし、小石川《こいしかわ》一円を踏査したが、すぐには手掛かりは得られなかった。

そうこうしているうちに、また新たな兇事が発生した。

市ヶ谷《いちや》谷町《たにまち》で自身番の番太郎《ばんたろう》が、兇賊に疵《きず》を負わされたというのだ。

番太郎は躰の大きな若者で、近くの外科医で療治を施されていた。なんとか一命は取り止めており、苦しい息の下から千之介に証言をした。

谷町の外れにあるやさぐれ橋で不審者に声を掛けると、その男がいきなり剣玉の剣先で心の臓を狙って突いてきたという。幸い的が外れて脇腹を刺されただけで済んだが、その人相、風体、若衆髷などの特徴から、男は乙若丸に間違いないと番太郎は言う。奉行所からの触れは市ヶ谷くんだりまで廻っていたのだ。

番太郎の推測では、乙若丸の逃げた先はくらやみ坂ではないかという話だ。

くらやみ坂は寺社のひしめくなかにあり、全長寺《ぜんちようじ》と地福院《ちふくいん》の間の坂で、樹木が鬱蒼《うつそう》と生い繁り、昼尚暗いのでその名がつけられたものだ。長さ四十三間、幅九尺の長大な坂である。

千之介がくらやみ坂に辿《たど》り着いた時には、辺りはすっかり暗くなっていて、坂の上方を漆黒《しつこく》の闇が覆《おお》っていた。

一歩一歩踏みしめるようにし、千之介が坂を登って行く。

人影はなく、鳥の囀《さえず》りも聞こえなかった。

突如、繁みから現れた男が弾丸のように千之介へ突進して来た。

とっさに身を躱《かわ》した千之介が抜く手も見せずに抜刀し、男の横胴を斬り払った。

「ぎえっ」

血しぶきを上げ、叫んで悶絶《もんぜつ》した男は若衆髷の乙若丸であった。

それと同時に千之介は足許を踏み外し、斜面へ向かって転げ落ちた。熊笹《くまざさ》のなかを急下降して行き、岩で頭部や躰を打ちつけ、血刀を握りしめたままで千之介は意識を失った。

二

烈しい悪寒に目を覚まし、千之介は小さく唸《うな》り声を上げた。

坂下の谷底へ落ちた記憶はすぐによみがえった。乙若丸を斬ったことも思い出された。恐らくあの男は生きてはいまいと思う。

しかし今いる場所の見当がつかない。土の上や草むらではなく、褥《しとね》に仰臥《ぎょうが》しているのがわかった。だがそこがどこなのか。狭い板の間に閉じ籠められ、煤《すす》けたような漆《しっ》喰《くい》の壁に囲まれている。天井は雨漏りの黒い染みが不気味な波状を描いている。どこか抹香臭《まっこうくさ》いから寺なのかも知れない。

では誰かに助けられたのか。そうに違いない。しかしここへ運ばれて来た記憶がなかった。

打ち身で全身が痛みを訴え、躰を動かすこともままならない。

息苦しさと悪寒がまた襲ってきた。

「うっ」

今度は大きく唸った。

震えが始まった。

唸り声を聞きつけたのか、隣室で人の動く気配がし、唐紙《からかみ》を開けてそっと女が顔を覗かせた。

朧《おぼろ》な月明りが女の顔を半分照らし出した。

女ははっきりした顔立ちで、切れ長の目は深沈《しんちん》とした色を湛《たた》え、女にしては鼻が高くて太い。唇も分厚く、面長な輪郭《りんかく》は役者絵を見るようだ。醜女《しこめ》ではないが、決して美形ではなかった。濃紫色《こむらさきいろ》の小袖《こそで》を着た肢体はしなやかで、全体像としてはたっぷりと女臭く、えもいわれぬ色気を漂わせている。それがこの女の不思議な魅力だった。情の濃い人にも思える。年は三十前後かと思われた。

女は何も言わずに室内へ入って来ると、千之介の枕頭《ちんとう》に侍《はべ》り、じっと穴の開くほどに見入った。

「ここは、どこだ」

かすれたような声で千之介が言った。

女は答えず、手を伸ばして千之介の額に触れた。熱があるらしく、「まっ」と言って思わず手を引っ込める。

千之介がまた唸った。

すると夜具をまくり上げ、女は褥に入って来た。千之介の躰に腕を廻し、母親のようにきつく抱きしめて添い寝をしてくれる。

女の息遣いが千之介の首筋にかかった。

「お眠りよ、何も考えずに」

千之介は戸惑っている。

女が耳許で囁く。

「人はね、なかなか死にゃしないんだ。このあたしが死なすものかね。おまえさんを助けて上げる。祈りを捧げて生き返らせてやるからさ。おまえさんは死ぬような人じゃないんだよ、いいね」

「……」

女の囁きが蠱惑的《こわくてき》に聞こえ、励まされたような気にもなり、千之介にわずかながらも気力を取り戻させた。しかし依然として躰の自由は利かなかった。

女体に包まれたそのぬくもりが、やがて千之介を眠りの世界へと誘って行く。

三

丸二日の間、おちかは仕事が手に付かず、つばめ床を休みにして家を空けていた。千之介の捜索に出たまま帰らないのである。

四谷《よつや》くらやみ坂で乙若丸の斬殺体が発見され、その見事な手並から斬ったのは千之介だと推測はされたが、肝心のご本尊が行方知れずとなってしまったのだ。

役人に頼み、あらゆる知り合いにも声を掛けて捜索して貰っているが、吉報は得られなかった。一緒になってまだ日は浅いのに、もはやおちかは千之介なしでは生きられない女になっていた。

（あの人にもしものことがあったら……）

それを考えると身も世もない風情となり、飯も喉を通らず、憔悴《しょうすい》するばかりなのだ。

三日目も朝から四谷、市ヶ谷方面へ行き、捜索をつづけて歩き廻っていたが、昼を過ぎる頃におちかは肩を落として並木町へ帰って来た。疲れたので途中で町駕籠《まちかご》を拾った。昔は町人が駕籠に乗ることにうるさかったが、当今はさしたることはない。役人に咎められたら、親が急病だとでも言えばよいのだ。

すると家のなかに、百太郎とねずみ小僧次郎吉の姿があった。二人で勝手に茶を淹《い》れて煎餅《せんべい》を齧《かじ》っている。大事な兄が行方不明だというのに、百太郎の様子があまりに暢気《のんき》なのでおちかは少し腹が立った。弟は生来の能天気《のうてんき》なのかも知れないと思う。

千之介の変事を百太郎には告げたが、次郎吉に伝えた覚えはなく、だがそこにいるということは百太郎が教えて連れて来たのに違いない。

その前に、おちかは次郎吉とはこのところ暫《しばら》く会っておらず、千之介の口からその正体がねずみ小僧だと知らされて以来だった。

おちかは次郎吉の前に座ると、きりっとした目を据えて、

「次郎吉さん、うちの人からおまえさんの大変な秘密を聞かされましたよ」

次郎吉がすっと表情を引き締めた。一瞬油断のならない目になる。

「おまえさん、天下のねずみ小僧だったんですね」

千之介失踪の件はさておいて、おちかはまず本人にそれを確かめておかねばと思った。そう言われて次郎吉は面食らうも、曖昧《あいまい》なごまかし笑いを浮かべて、

「たはっ、女将《おかみ》さんのお耳にへえっちまいやしたか、敵《かな》わねえなあ」

横鬢《よこびん》の辺りをぽりぽりと掻きながら、悪事の見つかった子供のような顔になった。否定はしないのだ。

この男、普段はこうしてへらついてへりくだって見せてはいるが、本性は別にある

なとおちかは思いながら、今度は百太郎に目をやって、

「百太郎さんは知ってたんですね」

百太郎は申し訳のない顔で肯定し、

「すまん、そうなのだ。おちかさんにはつい言いそびれた」

「ついですって？」

「あ、いや、そのう……」

百太郎は言い淀む。

「お目付方じゃねずみ小僧は関知しないんですか」

「そんなことはないよ。大名屋敷を荒らしているのだから、わたしが捕縛《ほばく》しても一向に構わんのだ」

「じゃどうして捕まえないんですか」

「そ、それはだな……困ったなあ、そう言われるとなんとも答えようが」

「あたしはどうしたらいいんですか。この家に世間を騒がせている大泥棒が平気な顔して出入りしてるんですよ。事が露見した時、あたしもねずみ小僧とぐるだと思われて、仲間扱いされちまうじゃないですか」

次郎吉が少し慌てて、

「女将さん、そうなるめえに姿を消しやすんで、しんぺえにゃ及びやせんよ。それにいくらあっしが盗っ人《ぬすと》でも、この家のものは何ひとつ盗んじゃおりやせん」

てえしたものもねえしと、次郎吉は内心でつぶやく。

「当ったり前じゃないの、次郎吉さん。ここにあるものはびた一文、櫛《くし》一本なくなったってあたしは許しませんからね」

「わかっておりやすとも」

次郎吉が身を縮めながら殊勝《しゅしょう》げに言う。

「しかしおちかさん、そんなことは百も承知でわたしと兄さんはこの男の出入りを許している。そこをよくよく考えてみてくれぬか」

「どういうことですか」

「つまりこの男は根っからの悪党ではないということだ。わたしはそう信じてやりたい」

「そ、そりゃまあ、あたしだって……」

おちかの語気が弱くなった。

「次郎吉は一切合切《いっさいがっさい》を承知で大名屋敷への盗みを繰り返している。大きな悪事を働いておきながら、それでいてなぜか肩身を狭くして生きている。ひっそりと、いじましくな。そこのところをわたしも兄さんも気に入っているのだよ。それにいくら悪名を轟《とどろ》かせても、次郎吉はふん反り返っておらぬではないか」

「立派な盗っ人ってわけですか」

皮肉な口調でおちかが言う。

「いや、その、おちかさん、次郎吉がどうして盗みの道に入ってしまったかなど、もはや取り返しのつかんことだし、今さらあれこれ言っても詮方《せんかた》あるまいと思うのだ」

次郎吉を庇《かば》って力説する百太郎に、おちかはわかったようなわからないような気持ちになり、それでいて彼女自身も次郎吉を突き出すということまでは考えられず、

「まっ、そう言われればそんな気にも。でもねえ、ねずさん」

「へっ？　ねずさんですかい、そいつぁいいや」

次郎吉が面白がる。

「ここはあくまで堅気の家なんだからさ、ぼろが出ないようにくれぐれも気をつけて下さいよ」

「へい、そりゃもう重々。ご迷惑をおかけして申し訳ねえ。けどあっしもあっしなんでござんすよ。正体がばれて身の危険がねえこともねえってのに、どうしてのこのことここへ来るのか」

「おまえ、まさかおちかさんに横恋慕《よこれんぼ》しているのではあるまいな」

百太郎の冗談に、次郎吉は慌てて手を横にふり、

「滅相《めっそう》もねえ。そんなことしたら千の旦那にぶった斬られちまいやすよ。女将さんへの恋心にゃ封印しやした」

恋心というのは、おちかの女心をくすぐる言い方だ。

「うちの旦那がそんなこと言ったのかい、あたしにちょっかい出したらぶった斬るって」

「へえ、ただじゃ済まねえと。ああ見えて、旦那は女将さんにぞっこんなんですぜ」

「そ、それは……」

嬉しくはあるが、肝心の千之介はいないのだから、おちかは諸手《もろて》を挙げて喜べない。

「おい、次郎吉、ここへのこのこ来るわけはなんなのだ。本当のところを聞かせろよ」

「さあ、そいつぁあっしにも……たぶんご兄弟と馬が合うからじゃねえんですかねえ」

「そうかなあ」

「違いやすかい」

「うむ、わたしにもよくは……ともかくおまえは不思議な男だな。まだわからんところがあるから、そこが面白いのだろう」

「あ、さいで」

次郎吉は仏頂面《ぶっちょうづら》になる。

おちかはふうっとやるせないような溜息をつくと、

「それにしてもうちの人ったら、いったいどこへ……どうして帰って来ないのかしら。あたしゃ探しあぐねて疲れちまいました。くたくたですよ」

「おちかさんはもう休んでくれ。これからわたしと次郎吉とで四谷まで行ってくるよ」

「お願いしていいですか」

「相わかった」

「このねずさんに任して下せえ」

二人が立ちかけるところへ、裏土間でごとっと物音がした。

三人が不審に見交わすと、そこへ千之介がのっそりと、だが堂々と帰って来た。

「まあ、おまえさん」

狂喜するおちかに、二人も驚いてあたふたとなり、

「兄さん、今までどこに」

「しんぺえしてたんですぜ、旦那」

千之介は三人の前に座ると、

「すまん、迷惑をかけた」

素っ気なくそれだけ言い、目礼した。

おちかは知らずに泪《なみだ》を滲《にじ》ませ、身を揉むようにして、

「お、おまえさん、大事ないんですか。いったいどこでどうしていたんですか。まさか躰の具合でも？」

「もう大丈夫だ」

千之介が言い、空白の二日間の説明を始めた。

三人が固唾《かたず》を呑むようにして聞き入る。

くらやみ坂で乙若丸に襲われ、とっさに斬り払ったものの、千之介は足を踏み外して谷底へ落下してしまった。

気がついた時は夜で、いずこともわからぬ小座敷に仰臥しており、得体の知れぬ一人の女が千之介を介抱してくれていた。その介抱が手厚く、全身の打ち身がひどくて動けぬ千之介に女は寄り添うようにし、翌日も一緒にいてくれたのだ。厠《かわや》へ行くのも、

暗い廊下で千之介に肩を貸してくれた。小座敷の外へ出てもそこがどういう所なのか、その時は調べる気にもなれなかった。

やがて千之介の具合が快方に向かっていることがわかると、いつしか女は忽然《こつぜん》と姿を消してしまった。一人で歩くには少し不自由だったが、それでも千之介は小座敷を出て廊下に立ち、家の様子を窺《うかが》った。

後でわかったことだが、そこはくらやみ坂からほど近い安楽寺《あんらくじ》なる小さな寺であった。本堂から木魚《もくぎょ》を叩く音が聞こえたので、そこへ行ってみると、白い顎髭《あごひげ》を胸許まで垂らした老僧が読経していた。ほかに徒弟の僧などはいないようだった。

千之介は老僧に女のことを問うた。

それに老僧が答える。

「女は蔦《つた》と名乗っておった。おとついの夜中に山門より駆け込んで来て、お武家が倒れているので助けてやりたいと申した。そこで寺にある大八車を引き、蔦女《つたじょ》の案内でくらやみ坂へ参り、貴殿を車に乗せて戻って来た。しかし見た通りの貧乏寺ゆえ、医者も呼べぬし療治もままならぬ。愚僧がそう申すと蔦女は二分金をくれ、貴殿の怪我が治るまで庫裡《くり》を貸してくれと言う。承知すると蔦女は手持ちの鼠色《ねずみいろ》の頭陀袋《ずだぶくろ》から薬草やら膏薬《こうやく》なんぞを取り出して貴殿の療治に当たった。それからは貴殿につきっきりで介抱をしていたの。ゆきずりの赤の他人にあそこまでよくするとは、なかなか偉いおなごじゃ。愚僧には天女のように思えたぞ。やがて貴殿がよくなったので、蔦女は何も言わず、いずこへともなく立ち去ったのじゃよ。天に戻って行ったのではなかろうかな」

おのれの冗談に老僧は一人で含み笑いをした。

その晩も安楽寺の世話になり、もう一泊した。

語り終えると、千之介は慙愧《ざんき》に堪えぬような風情で三人を見廻し、

「恩返しをしたくとも、蔦なる女の氏素性《うじすじよう》がわからぬゆえなす術《すべ》がない。おれはどうしたらよいものか……」

「兄さん、その人、住職が言うように本当に天女かも知れませんな。ふつうなら身銭を切ってまでして、縁もゆかりもない他人を助けたりしませんよ」

「あっしもついぞ聞かねえ話ですねえ。いってえどこの誰なのか、旦那がやきもきしなさるお気持ちはよっくわかりやすよ」

「ねずみ、なんとか手立てはないか」

「くらやみ坂なら見当がつきやすんで、ちょいと調べてみやしょうか。谷底に倒れている旦那を助けたってことは、近在のもんかも知れやせん」

「頼む、探しだしてくれ」

「わかりやした」

「おまえさん、探し出してどうするんです」

気になる顔でおちかが言った。

「礼を言いたいのだ」

おちかはちょっと疑わしい目をくれ、

「それだけでしょうか」

「何を言いたい」

「だって、その人とひと晩中一緒にいたんでしょ。勘繰《かんぐ》りたくもなりますよ」

おちかの心は波立っているようだ。

「おちかさん、兄さんはその人に感謝したいだけなのだ。余計な心配は無用だぞ」

それより酒を飲ませてくれと百太郎が言うから、おちかは渋々ながら立って台所で支度を始めた。

すると次郎吉がおちかに聞こえないように声をひそめて、

「で、旦那、どうでやんしたか、そのお蔦さんのご面相は。別嬪《べっぴん》だったんですかい。そこを聞かせて下せえやしよ」

心得違いなその言葉に、千之介が咎める目を向けた。

次郎吉は亀のようにびくっと首を引っ込めた。

四

夜になって、並木町の自身番から町役人が家の方に来て、おちかを呼んで千之介が戻ったことを確認すると、お役人様が少しばかり千之介に尋ねたいことがあると告げた。

おちかが千之介にそれを知らせ、役人を呼び入れた。

千之介の居室に入って来た男は、北町奉行所定廻り同心寒川五郎兵衛《さむかわごろべえ》と名乗った。四十半ばのやや猫背の初老で、蟹《かに》のような四角い顔つきをしている。

くらやみ坂で乙若丸をご貴殿が斬ったことは確かでござるかと聞かれ、千之介は間違いないと寒川に答えておき、

「して、乙若丸は如何《いかが》相なったか」

「われらが駆けつけた時には坂の上まで逃げ延びておりましたが、そこで息絶えておりました」

「左様か、それは……」

千之介が眉目《びもく》を寄せると、寒川は勘違いしたのか、

「いやいや、どうかお気になさらずに。ご貴殿がなさりしこと、咎めるつもりは毛頭ござらぬ。これはあくまで形式でござってな。あれだけの兇状持《きょうじょうも》ちなのですから、みどもは成敗《せいばい》されて当然と思うております」

「それは重畳《ちょうじょう》」

「それより風祭殿、町役人から聞いて驚きましたぞ。ご貴殿はお目付方のお家柄なのですな」

町内では千之介の素性は知れ渡っていた。

「左様。しかしゆえあって弟に家督を譲り、今は野に下っている身だ」

「ふむ……まあ、その辺の経緯はともかくとして、町場で暮らすにご不自由はござらぬか」

「みずから希《のぞ》んだことだ。不足はない」

「左様か、人は様々でござるからな。いや、お邪魔致した」

寒川が如才《じょさい》なく言って身繕《みづくろ》いを始め、千之介は一礼して背を向け、机に向かった。

そこへおちかが茶菓子を盆に載せて入って来た。

「おや、もうお帰りでございますか。折角ですからお茶をひと口飲んでいって下さい

ましな」

「そうか、相すまん」

寒川は座り直して茶を飲み、遠慮なくぽりぽりと干菓子を食べる。

「定廻りのお役は御用繁多《はんた》で大変だと聞いておりますが」

おちかが世間話風に水を向けると、寒川はもぐもぐと口を動かしながら、

「近頃はやたらと人が殺されての、寝る間もないのだ」

「あら、また人殺しがあったんですか」

「う、うむ、これが実に面妖《めんよう》な事件での、わしはてっきり殺されたものと思うたが、そうではないような……そうじゃ、人殺しと断定するには根拠が曖昧であった」

含みのある寒川の言い方に、おちかは身を乗り出して、

「それって、どういうことなんです。もしお差し支えなければ……」

「昨日の晩のことであった」

「はい」

「ある旅籠《はたご》から知らせがあり、亭主が息をしていないと言うから行ってみると、確かに夜具の上でおっ死《ち》んでおった。すぐに医者を呼んで調べて貰うと、卒中《そっちゅう》か心の臓の発作ではないかという。しかし亭主の死に顔を見て、わしはそのどちらでもないよう

な気がした」

　おちかは息を詰めて聞いている。

「何年か前にの、一服盛られて死んだ仏を扱ったことがあったんじゃ。旅籠の亭主もその時とおなじで、死人の顔色がやけにきれいな桜色であった。その後疑いを持って詮議するうち、毒殺の下手人が判明して一件はわしの手柄と相なった。こう見えても手柄の数は誰にも負けんのじゃよ」

　寒川が自慢げな笑みを見せる。

「じゃ、旅籠のご亭主は殺されたんですか」

「その疑いは十分にあった。だが間に合わなかった」

「と言いますと？」

「わしがほかの事件にひっぱられているうちに、仏は埋葬されてしもうたんじゃよ。まさか墓を暴《あば》くわけには参るまい。それゆえ、喉の奥に魚の骨でもひっかかっているような妙な気分なんじゃやな」

「その墓、暴くべきではないかな」

　いつの間にか千之介が二人のそばに座っていた。

　寒川は目を慌てさせ、

「まさか、そこまではいくらわしでも……もしそんなことになったら、お奉行の許可を得て、寺社方にも根廻しをせねばならん。手続きが面倒なのでござるよ、風祭殿。墓を暴くなど、もってのほかでござる」

千之介は寒川の言葉など取り合わず、

「では寒川殿、仔細《しさい》を詳《つまび》らかに聞かせて下さらぬか」

その申し出に、寒川は困惑の体《てい》で、

「な、何ゆえご貴殿がそのようなことに首を突っ込まれるか」

と言った後、寒川ははたと膝を叩き、

「おおっ、そうか。お目付のお家柄だけに、きな臭い件を聞くと放っておけなくなるのですな」

「血が騒ぐのだ、面妖な事件は」

千之介が真顔で言った。

五

馬喰町一丁目から四丁目の間には、旅人宿が五十軒近くひしめいている。他国から来た旅人は日本橋へ着到すると、ほとんどが馬喰町へ泊まることになっているのだ。

沖津屋《おきつや》はそのなかでも老舗《しにせ》で、一丁目のど真ん中に大きな宿を構えていた。

昨日の晩といえば、千之介がくらやみ坂で乙若丸に襲われ、谷底に落ちて蔦という女に助けられ、安楽寺に担ぎ込まれた日の翌日である。

主《あるじ》左兵衛《さへえ》の死は、表向きは心の臓の発作ということになっている。その死を寒川五郎兵衛に知らせたのは番頭の幸吉《こうきち》で、この男が沖津屋の一切を取り仕切っていた。それというのも左兵衛はこの二、三年は病気がちでめっきり衰えて寝ていることが多く、もはや帳面も読めない有様だからだ。

左兵衛は五十半ばで、二十年前に女房に死なれていた。子はなかった。幸吉の方は四十になるも、一度も所帯を持ったことはない。

宿に女中は三十人いて、料理人が八人、手代、小僧格の男の雇い人は十人だ。

沖津屋にはお杉《すぎ》という女中頭がおり、これは三十前の女で、幸吉に次いで宿を差配している。

お杉は五年前に女中として奉公に上がったが、左兵衛に気に入られ、仕事もできるところから女中頭に取り立てられたのだ。

沖津屋の内情は寒川五郎兵衛が教えてくれたもので、それらの事情を踏まえた上で、千之介は浅草から日本橋筋へと足を向けた。

旅籠の数もさることながら、馬喰町の大通りには旅人をあてこんで傘や笠、旅道具一式などを扱っている小店が櫛比《しっぴ》している。また旅籠に出入りの魚屋、青物屋、米屋、酒屋などの荷を積んだ大八車が引きも切らずに往来し、昼下りの今、活況を呈している。

千之介は深編笠《ふかあみがさ》を被り、さり気なく沖津屋の様子を眺めながら通り過ぎたが、その足がひたっと止まった。

上得意らしき客を送り出し、番頭幸吉と何人かの女たちが出て来て、店先で頭を下げて礼を言っている。

客には二、三人の従者がいて、上州《じょうしゅう》辺りの絹商人の様子だ。宿の女たちは仕着せを着た女中だが、幸吉と共に客に愛想を言っているのが女中頭のお杉らしい。

客たちは去り、幸吉、お杉らも宿へ戻って行った。

千之介の目はずっとお杉に注がれていて、暫し迷うようにしていたが、やがて意を決して店土間へ入った。

お杉が千之介に背を向け、女中たちへ采配《さいはい》をふっていた。

「もうちょっとしたら遠州《えんしゅう》からの大勢さんがお見えになるんだよ、万端《ばんたん》ぬかりなくやっとくれ。お見えんなったらみんな揃って、大きな声でお出でなさいましって言うんだ。いいね」

お房《ふさ》、お元《もと》ら女中たちが、元気よく返事をする。

「ああ、目が廻るほど忙しいよ」

そう言い、こっちへふり向いたお杉が深編笠の侍が立っているので驚いた顔になった。千之介が笠を取って顔を見せると、お杉はさらに目を見開き、言葉を失った。

そのお杉へ、千之介が深々と黙礼した。

はっきりした顔立ちで、切れ長の目は深沈とした色を湛え、鼻が高くて太い。唇が分厚く、面長な輪郭は役者絵を見るようだ。醜女ではないが、決して美形ではなく、全体像としてはたっぷりと女臭く、えもいわれぬ色気を漂わせている。

安楽寺の老僧が、お蔦といっていた女がそこにいたのである。

六

お杉、いや、お蔦の狼狽《ろうばい》ぶりといったらなかった。

千之介を町内の茶店へ誘い、奥の小座敷を借りて向き合って座っても、お蔦は動揺が鎮《しず》まらずに言葉に詰まり、すっかり落ち着きを失っている。

千之介はその様子を視野に入れながら、

「その方に助けられなかったらおれはどうなっていたかわからん。改めてあの時の礼を言いたい」

お蔦は目を伏せたままで、

「いえ、そんな、よして下さいましな。ご無事で何よりでした」

頭を下げた。

「安楽寺の住職もその方のことは何も知らぬと申していた。どうして黙って立ち去ったのだ」

お蔦は困ったような顔になり、しどろもどろで、

「ど、どうしてと申されましても……あたしは恩着せがましいのが嫌いでして、お武家様さえよくなればそれでいいと思って姿を消したんです。それだけのことですよ」

依然としてうつむいたままで言った。

「恩返しがしたい。おれにできることはないか、天女殿」

「天女って、なんのことです」

「安楽寺の住職がそう言ったのだ。おまえが奇特《きとく》にもこのおれを助けたからであろう」

千之介が目許を笑わせて言う。

お蔦はあくまで生真面目《きまじめ》な表情を変えず、

「ですからそれが嫌なんです。あの日のことはもう忘れて下さいまし」

「つまらぬことを聞いてもよいか」

お蔦が不安そうな顔を上げた。

「おまえは沖津屋の女中頭をしているそうだな」

「へえ」

「宿ではお杉と名乗っている。したが住職からはおまえはお蔦と聞いた。どっちの名が本当なのだ。何ゆえ二つ名を持っている」

「そ、それは別に深い意味があるわけじゃないんです。杉の方が呼び易いんでそうしてるだけでして、番頭さんなんぞはあたしの本名は蔦だと知ってますよ」

そこで今度はお蔦の方から、

「旦那はどうして沖津屋へお出でんなったんですか。日を置かずにこのあたしとばったり会うなんて、ありえないことですよね」

「寒川五郎兵衛という役人を知っているか」

「はい」

お蔦の表情に心なしか緊張が走った。

「寒川殿から沖津屋の不審を聞かされて興味を抱いた。それで様子を見に来たら、図らずもおまえを見つけたのだ」

「そんなことってあるんですねえ」

お蔦はまだ心落ち着かぬ様子ながら、

「沖津屋の不審てあのことですか、大旦那様が心の臓の発作でお亡くなりんなった」

「そうだ。寒川殿は疑いを持っている。主左兵衛は一服盛られたのではないかとな。だが亡骸《なきがら》はすでに埋葬され、調べようがないという話だ」

千之介が包み隠さずに言う。

「一服盛っただなんて、聞こえが悪うございますねえ。神に誓って沖津屋のなかにそんな不心得者はいやしませんよ。早々にとむらいを済ませたのは、いつまでもお亡骸をそのままにしとくわけにもいかないんで、番頭さんが判断したんです」

「傍目《はため》には不自然に埋葬を急いだように見えるぞ」

お蔦は強固に食い下がって、

「そんなことありませんよ。宿をずっと閉めとくわけにはいかないじゃありませんか。遠い他国からやって来るお客さんは何も知らないでうちへ。前々からの約束の人もいるんです。お疑いになるのは勝手ですけど、うちとしましては痛くもない腹を探られるようで、ちょっと迷惑ですね」

「おまえを疑っているわけではないのだ。そう尖るな」

お蔦はわれに返ったようになり、頭を下げて、

「すみません、そんなつもりは……」

「左兵衛の死は本当に心の臓の発作なのか。前からそんな兆《きざ》しはあったのか。ここだけの話をおれに聞かせろ」

「ええ、大旦那様はお年ですから大分弱ってましたね。どっかが悪くてもおかしくないようなご様子でした」

「そうか」

「あのう、お武家様のことを聞いてもいいですか」

「素性か」

「はい」

「おれの名は風祭千之介、旗本の家柄だがゆえあって家を出て、今は浅草で暮らす身だ」

「浅草のどこですか」

「並木町のつばめ床という髪結床に居候《いそうろう》をしている。髪結の女将を女房にしたのだ」

「まあ、お旗本のご身分を捨てるなんて。それじゃ髪結のご亭主ってことですか」

お蔦が初めて笑みを見せた。

それには答えず、千之介は身繕いをし、

「おまえに会えてよかった。折あらばまた顔を見せてもよいか」

「ええ、いつでもどうぞ。あ、でも朝と晩は宿が立て混みますんでお相手はできませんけど」

「わかった」

それでお蔦と別れ、千之介は馬喰町の大通りへ出て歩きだした。だがその背に強い視線を感じていた。

茶店の陰からお蔦がじっと見送っているのだ。

（疑わしいな、あの女……）

しかし恩のあるお蔦を疑うのは気が咎めてならなかった。皮肉な巡り合わせだが、お蔦に疑念を持つのもおのれの性《さが》だと思った。目付の家に生まれたがゆえの習いなのか。

（そうではない、これがおれなのだ）

理非曲直《りひきょくちょく》を正したくなるのはおのれの気性であると、千之介自身が一番わかっていた。

（恩は恩として、この件、看過《かんか》できぬな）

胸の内で独りごちた。

七

死んだ沖津屋左兵衛には十も年下の徳三《とくぞう》という弟がいて、お蔦はこの男の行方を探して下谷三之輪町まで赴き、結局会えずに戻って来て、次の日もまた出掛けて行った。

三之輪町は日本橋から一里三丁の道程で、花の吉原《よしわら》の近くだが、小塚原《こづかっぱら》の刑場もあり、周辺は田圃《たんぼ》ばかりである。

子のない左兵衛の後釜は徳三しかなく、実弟に兄の死を知らせぬわけにはゆかない。徳三しだいで沖津屋はどうにでもなるのだ。しかしお蔦も幸吉も、一度も徳三の顔を見たことはなかった。

徳三の稼業は山師だからほとんど江戸におらず、お蔦は初めからすんなりつかまるとは思っていなかった。

山師というのは確かな当てもなく、万一の僥倖《ぎょうこう》を期待して危険を冒す者とされている。よくいえば投機師で、今では大きなことを言っては投機に人を誘い込む詐欺師《さぎし》の代名詞にもなっている。だが本来は金銀採掘などに情熱を燃やす連中のことで、ひと山当てれば巨万の富を得られるのだから、彼らはその夢を追って諸国を流れ歩いている。旧くは佐渡《さど》金山《きんざん》、薩摩《さつま》金山、蝦夷《えぞ》松前《まつまえ》金山など、初めに探し当てたのは彼ら山師である。

徳三は若い頃から一攫千金《いっかくせんきん》の夢にとり憑《つ》かれ、兄とも疎遠《そえん》になり、親類筋からは変人扱いされていた。徳三に妻子はなかった。

三之輪町の徳三の家はおんぼろで、人のいる様子もなく荒廃していた。近所で聞いても、この何年かは誰も徳三を見かけていないという。

二日目、お蔦はやむなく三之輪町の自身番の町役人に左兵衛の死を知らせておいた。

そうして沖津屋へ戻って来て、裏手から家のなかへ入ると、女中たちの弾けるような笑い声が聞こえてきた。昼下りの今は宿は暇なのだ。

お蔦は廊下を行き、女中部屋の障子が少し開いているのでそこから覗き見て、ちょっと目を険《けわ》しくした。

見知らぬ若い男が沖津屋の手代の仕着せ姿で、お房やお元ら女中たちと車座になって談笑しているのだ。

お蔦はその場を離れ、帳場で算盤《そろばん》を入れている番頭幸吉の前に座るなり、

「番頭さん、新しい手代を入れたんですか」

やや怒気を含んだ声で言った。

すると幸吉は慌てたように、

「そうなんだよ、すまない、あんたが三之輪町へ行ったり来たりしている間に決まったことなんだ」

手代の半次《はんじ》が今日になって急にやめたいと言いだし、その代替として百助《ひゃくすけ》なる男を連れて来た。会ってみると百助は何事にもそつがなく、以前に川崎宿《かわさきしゅく》の旅籠で働いていたことがあると言うので、幸吉の一存で即決したという。

半次は親元の事情で、父親の具合が悪くなって家業の桶大工《おけだいく》の仕事を継ぐことになったらしい。

「半次の所には兄さんが二人いるって聞いたことがありましたけど、家業を継ぐんなら筋が違うんじゃありませんか」

「その辺はよくわからないよ、半次の家の事情なんだから。それに半次には怠け癖があって少し持て余していた。今度の百助の方が見栄えがいいし、客受けもしそうだ。あたしは気に入ったのさ」

自分の知らない間に人事の決まったことが面白くないらしく、お蔦は押し黙っている。

「それよりどうだね、徳三さんは。今日もつかまらなかったのかい」

「どこへ行っちまったのか、山師なんてまず見つかりませんね。あたしたちで切り盛りしてくしかないんじゃありませんか」

「そうか、じゃそうしよう」

踏ん切りのついた顔になり、幸吉は大きな声で百助の名を呼んだ。

百助が来て、二人の前に畏《かしこ》まる。

「女中頭のお杉さんだ。仕事の細かいことはこの人に聞くといい」

「百助と申します。どうかよろしくお願い致します」

叩頭《こうとう》する百助に、お蔦の雷が落ちた。

「おまえ、女中部屋に入り込んで喋《しゃべ》りまくっていたね。泊まり客が見たらどう思うのさ。そういうだらしのないのはこのあたしが許さないよ、わかったね」

「へい、もう二度と致しません」

平身低頭する百助こそ、百太郎の化けた姿なのである。

（これが兄さんを助けた女か、うまくやらねばならんな）

ひそかに戒《いまし》めた。

そうなった経緯は、こうである。

沖津屋の様子を探りに行った千之介が、やはり左兵衛の死には疑惑があると言うので、百太郎はすぐに自分が沖津屋へ潜り込むことを提案した。

潜入を危惧《きぐ》する千之介をなだめ、商家で働いたことこそないが幼い頃からその手の知り合いが多く、商人社会にはすんなり入ってゆけるのだと、百太郎は兄を説得した。逆に武家社会の方が彼には苦手なのである。

そうして千之介の承諾を得た上で、沖津屋の周辺を探るうち、半次という手代に目をつけた。半次には怠け癖があって仕事の手を抜くらしく、旅籠の裏手で番頭幸吉に叱られている姿を見てぴんときたのだ。

案の定、半次の素行を調べると、仕事が終わった後に賭場《とば》通いをしていることが判明した。賭場に借金もあるようだ。

百太郎は武家髷から町人髷におちかに結い直して貰い、ぞろっとした小袖を着て町人姿になった。町人髷に結う時、おちかは何も聞かなかった。千之介から意を含められているものと思われた。

半次が行きつけの馬喰町の居酒屋で、百太郎はあぶれ者を装い、半次に近づいた。

飲んで話すうち、一度沖津屋のような大きな旅籠で働いてみたかったのだと言い、半次が沖津屋をやめて自分を推挙してくれないかと頼んだ。やめるということに無理があったが、沖津屋の方で求人を出してないのだからやむを得なかった。

むろんしこたま酒を飲ませ、小判一枚を見せつけてのことだが、半次は喉から手が出そうな面つきになって快く承諾した。沖津屋にさらさら未練はないという。

事のついでに沖津屋の内部のことを聞いてみると、一番力を持っているのはやはり女中頭のお杉で、気弱な幸吉の方が負けていて、時にどっちが番頭かわからない時もあるという。

左兵衛の死に関してもそれとなく探りを入れてみたが、半次は不審を持ってはいないようだった。左兵衛は二、三年前から病気がちで事実上主の座を退いていたのだから、誰の目にも弱っているように見え、ぽっくり死んでも驚きはなかったという。

千之介を説得してまんまと沖津屋に潜り込んだものの、百太郎に勝算や自信があるわけではなかった。この行為が旗本筋に目を光らせる目付の仕事からは、十分に逸脱していることも承知していた。だから上席目付に病気届けを出し、ひと廻り（七日間）ほどの暇を貰った。そうしておけばこの潜入に心置きなく集中できるのだ。

お目付の定員は旧くは二十四人もいたが、今は十人で、それぞれ旗本衆の監察糾弾《かんさつきゅうだん》に明け暮れている。そこに未熟者の百太郎などが入る余地はなかなかなく、ええいままよとやや捨て鉢な気持ちもあった。

町場の事件の方が自分でも生き生きとするのはどうしてなのか。半官半民とは意味が違うが、それで言うなら自分は三が二（三分の二）は民の者と思っている。

手詰まりとなった兄を救うため、というより、百太郎はなんとしてでも手柄を挙げ、強い兄をぎゃふんと言わせて認めさせたいのが本音だった。

（よおし、やったろうじゃないか。これぞ千載一遇《せんざいいちぐう》の好機ぞ）

やる気満々の百太郎なのである。

八

内藤新宿《ないとうしんじゆく》は大きな宿場で、右は青梅街道《おうめかいどう》、左は甲州《こうしゆう》街道とに分かれ、二街道とも道幅がとてつもなく広く、新宿から西へ片や青梅、片や八王子《はちおうじ》までの間、まっすぐ大道が延びている。

宿場の賑わいをよそに、裏通りに目立たぬ栄屋《さかえや》という煙管屋《きせるや》があった。

栄屋は四十がらみの卯兵衛《うへえ》という男が一人でやっていて、狭い店内には江戸張りと呼ばれる銀煙管や、全体が金属製の延べ煙管などの種々雑多な煙管類が棚に陳列してある。むろん服部《はっとり》、国分《こくぶ》、館《たて》、竜王《りゅうおう》、舞《まい》、小田島《おだしま》などの銘柄の煙草《たばこ》の葉も揃っている。

卯兵衛は店の板の間で、黙々と羅宇《らう》のすげ替えをやっていた。

羅宇とは煙管の雁首《がんくび》と吸い口をつなぐ竹製の管のことで、それが古くなると新しいものと交換する。栄屋は新品ばかりでなく、中古の煙管も売っているのだ。

そこへ足音もさせず、深編笠を被った千之介が店へ入って来た。黒の着流しに縞柄《しまがら》の羽織姿だ。

「お出でなさいまし」

卯兵衛が小さな目をしょぼつかせて作業の手を止め、畏まって挨拶《あいさつ》をした。客が武家のせいか、どこか警戒した様子が窺える。

「煙管をお探しでございますか。いろいろございますがどんなものをご所望で」

卯兵衛がしわがれ声で問うた。

千之介は笠を取り、腰から大刀を鞘《さや》ごと抜いて上がり框《かまち》に腰掛けると、

「おまえの所では裏で毒薬を売っているそうだな」

いきなり言った。

卯兵衛は言葉を呑み、青くなって震えのきそうな顔になる。どうやら小心者のようだ。

「い、いったいどこからそんなことを。根も葉もない戯《ざ》れ言《ごと》でございましょう」

卯兵衛が暗い表情になって言う。

「ひと廻り前に毒薬を売らなかったか」

卯兵衛の抗弁など無視して、千之介がつづける。

七日前といえば、千之介がくらやみ坂から転落した日である。

「ですから、そんなものは……」

卯兵衛は千之介の射るような目に竦《すく》み上がり、口を噤《つぐ》む。

「白状しろ」

「……」

「黙んまりを通すつもりなら痛い目を見ることになる」

「お武家様はどちらの筋の御方でございますか。妙な言い掛かりをつけると、宿場のお役人方を呼んで参りますぞ」

卯兵衛が声を震わせながら、虚仮《こけ》威《おど》しを言った。

「構わん、呼べ。困るのはおまえの方であろう」

「……」

「おれは短気なのだ」

千之介が刀の鯉口《こいぐち》を切って脅した。

卯兵衛はそれだけでとび上がらんばかりにしておののき、

「お、お待ち下さいまし、毒薬と申しましてもいろいろございまして、何を指して毒薬と申すのか……」

黙って睨《にら》んでいる千之介に卯兵衛は脂汗《あぶらあせ》を流し、悄然《しょうぜん》と肩の力を落とした。やがてこの人には抗しきれないと思ったのか、言い訳を始めた。

「煙管だけでは稼ぎが高々知れております。こんな大きな宿場で生き残ってくためには、ほかに何かやらねばと思いまして」

「それで毒薬に手を出したのだな」

「へい」

「何を扱っている」

「……」

「言わぬか」

「鳥兜《とりかぶと》でございます」

鳥兜は金鳳花科《きんぽうげか》の野草で、若葉を食べればたちどころに毒死し、塊根《かいこん》にはさらなる毒素が含まれている。漢方では強心剤、利尿薬《りにょうやく》として使用するが、誤飲すれば中毒死する猛毒である。

「煎《せん》じて呑むのだな」

「左様でございます」

「もう一度尋ねるぞ。七日前に鳥兜を売ったか」

卯兵衛が無言のままがくっとうなずいた。

千之介は意気込み、

「その者の人相風体を申せ」

「女でございました」

「見知りの者か」

「いいえ、その日が初めてでして。鳥兜なんぞをお買い求めに来る方々は、皆さん二度と参りません」

「どんな女だ」

「三十前の年増で、なんと申しますか、ふっくらとした感じの、地味な拵《こしら》えではございましたがどこか色気のある人でした。首実検《くびじっけん》をさせられても顔は憶えておりませんので」

卯兵衛が言う女の面影はお蔦そのものだった。

「女は頭陀袋を持っていなかったか」

「へえ、持っておりました」

「それは鼠色のものであろう」

「左様で。そのなかにはほかの生薬屋で買ったような薬なんぞも入っていたようでして」

お蔦はそこから千之介のために、煎じ薬や膏薬を出したのだ。

卯兵衛の自白で十分だった。

千之介は立って戸口から顔を突き出し、遠くへ目顔で合図した。

物陰に潜んでいた寒川五郎兵衛が、抱えの岡っ引き、下っ引きらをしたがえて騒然と駆けつけて来た。

「風祭殿」

「白状したぞ」

千之介はそれだけ言い残し、店から出て行った。毒薬売りは御法度《ごはっと》だから、あらかじめ寒川に通報しておいたのだ。だが沖津屋に関すること、お蔦への疑惑などは一切寒川に明かしていなかった。

一団が店へ乱入し、

「栄屋卯兵衛、毒薬を売りし罪軽からず。神妙に致せ」

寒川が十手を突き出し、岡っ引きらが群がって卯兵衛に縄を打った。

卯兵衛の取り乱す声が聞こえる。

その時には千之介は大通りを渡っていて、路地へ入って辺りを見廻し、「おい、どこにいる」と言った。

大銀杏《おおいちょう》の陰から次郎吉が姿を現した。

「うまくいきやしたかい」

「煙管屋は寒川殿に捕縛された。これより詮議にかけられ、余罪を追及されるであろう」

二人は肩を並べて足早に行く。

「毒薬の方はなんでござんしたか」

「鳥兜だ」

「なるほど。するってえと、肝心の七日めえにそいつを買った奴は」

「おまえの見込み通り、買ったのは女だ」

「やはりお蔦なんですね」

「十中八九な」

「そうなると、こういうことですかい。お蔦は内藤新宿へ鳥兜を買いに来て、その帰り道にくらやみ坂に落ちた旦那を見つけて安楽寺に担ぎ入れた。それで旦那を介抱してひと晩を過ごした。けどそっから先がさっぱりわからねえ。鳥兜を手に入れたお蔦は、一刻も早く沖津屋へ戻って左兵衛に一服盛るつもりだったんじゃねえんですか」

「おれの介抱のため、予定が一日ずれた。しかし次の日、左兵衛は頓死《とんし》させられている」

「お蔦はなんだって縁もゆかりもねえ旦那を助けたんでしょう。人殺しを控えて、そんな余分なことをしてる気持ちじゃなかったと思いやすが」

「……」

それには答えず、千之介は歩を止めて次郎吉を見ると、

「すべてはおまえのお蔭だ。よくぞ毒薬売りを見つけだしてくれた」

「へい、蛇《じゃ》の道は蛇《へび》ってやつでして。くらやみ坂に立って四方を見廻しやしたら、毒薬を扱うような店はひょっとして内藤新宿ならあるかも知れねえと思ったんでさ。あそこいらは武家屋敷ばかりでござんすからねえ」

千之介は黙って歩を進める。

「で、旦那、これからどうなさるんで。お蔦をふん捕まえてとっちめやすかい」

「急《せ》いては事を仕損じる」

「あ、さいで」

「次郎吉よ、おまえは使える男だな」

とたんに次郎吉は嬉しい顔になった。

「そこでもうひとつ、頼みたいことがある」

「へっ、なんでもお申しつけ下せえやし」

次郎吉は千之介の家来になったような気持ちで言った。

九

女中たちを手なずける目的で、奉公したばかりの日に女中部屋に入り込み、寄席で仕入れた落とし噺《はなし》をして大いに受けたのだが、それをのっけからお蔦に咎められて叱られ、以来、百太郎は身を慎んでいた。

といって、奉公人の聞き込みはつづけねばならないから、お蔦の外出を狙ってはそれを行っている。このところお蔦の外出が多いのは、左兵衛の実弟徳三とやらに兄の死を知らせたいがためであると、そのことは女中たちから仕入れた情報として知っていた。

その日もお蔦が三之輪町まで出掛けて行ったので、百太郎はこれ幸いと聞き込みを開始した。

沖津屋には裏庭に井戸があり、そこで女中たちは料理人に言われ、大根《だいこん》、牛蒡《ごぼう》、人参《にんじん》などを洗っていた。

調子のいいことを言って百太郎はその場に溶け込み、大根の泥を洗い落としながら、

「お杉さんはどうして独り身なんだろうな、そんなに悪い女っぷりでもないってのにね」

そう水を向けると、女中のお房とお元は見交わし合って含み笑いをした。どちらも不器量者の見本のような顔立ちで、共に二十の前半だ。

「おや、何か秘密でもあるのかい。だったら是非とも聞かせてくれないかな」

百太郎が得意の町人言葉で言う。仕着せを着た手代姿もすっかり板についている。

「百助さんはお杉さんに気があるのかい」

お房が言うから、百太郎は手を横にふり、

「とんでもない、あたしよりずっと年上の人なんてご免蒙《めんこうむ》りたいね。おまえさんたちの方がよっぽどいいよ」

「じゃ、あたしとお房さんのどっちがいい」

お元に突っ込まれ、百太郎は辟易《へきえき》とし、

「たとえばの話だって」

それよりお杉さんの秘密を聞かせとくれよと言うと、お房がここだけの話よと返答し、

「どうせわかると思うけど、お杉さんと番頭の幸吉さんは昔から夫婦同然の仲だったの」

その予想はしていたので百太郎に驚きはなかったが、びっくり仰天《ぎょうてん》してみせ、

「ええっ、そうだったのかい。だったらどうして二人は一緒にならないんだろう。どっちも連れ合いがいないじゃないか」

「わけがあるのよ、それには」

お元の言葉に、百太郎は身を乗り出して、

「どんな?」

「ちょっと、それを言うわけには」

お元が口を濁して言い、洗った野菜を笊《ざる》に載せ、お房をうながして料理場の方へ去って行った。

(いったいどんなわけが……)

腑《ふ》に落ちない顔で百太郎も去りかかると、小僧の久松《ひさまつ》というのが物陰からひょっこり現れた。

「聞いてたぜ、今の話」

にきび面の十三歳がませた口調で言った。あと二年もすれば久松は手代になるのだ。

「引っ込んでろ、子供の出る幕じゃないよ」

邪険《じやけん》に言う百太郎の袖を久松がつかんで、

「おいらに小遣いをくれると、お杉さんの秘密が知れるぜ」

「いい加減なことを言うな、小僧のおまえに何がわかるってんだ」

「おいらが奉公に上がったおなじ年にお杉さんもここへ来たんだ。だからあの人のことはよく知ってらあ」

「本当かよ、おい」

百太郎が袂《たもと》をまさぐり、久松に数枚の銭を握らせた。

久松は声をひそめて、

「女中に入ってすぐ、お杉さんにゃ大旦那のお手がついたのさ」

（そうか、そういうことか）

女房に先立たれた左兵衛は、お杉に無聊《ぶりよう》を慰めて貰っていたのだ。どっちが誘ったかは定かではないが、お杉が女中頭に出世したのもそういう裏があったからに違いない。

「それでな、大旦那が弱ってくるとお杉さんは番頭さんに乗り替えたんだ」

「お杉さんもなかなかやるなあ」

「ああ、強《したた》かよ」

お房たちがお杉と左兵衛のことを言いたがらないわけも、それで合点がいった。では左兵衛に一服盛ったのはどっちの仕業《しわざ》なのか。二人が夫婦同然の仲ならぐるかも知れない。狙いは沖津屋をわがものにすることだ。

百太郎の興味はそこに尽きた。


夜も更ける頃、百太郎は夜具のなかでぱっと目を覚ました。

足音を忍ばせ、廊下を誰かが通って行ったのだ。

そこは沖津屋の男部屋で、手代、小僧ら十人余が枕を並べて寝ていた。皆が寝息を立てたり鼾《いびき》をかいたりしている。

百太郎はすぐに起き上がり、障子を細めに開けて覗いた。

寝巻姿のお蔦の後ろ姿が奥へと向かって行くのが見えた。その突き当たりは幸吉の部屋になっている。

(あの後ろ姿は夜伽《よとぎ》を仰せつけられたお女中みたいだな)

二人の情事を覗き見するつもりはないが、念のために確かめておこうと、百太郎は男部屋を忍び出てお蔦の後を追った。

するとお蔦は、予想に反して幸吉の部屋の前を素通りして行くではないか。その先には庭へ出る潜り戸があり、そこを開けてお蔦は外へ出て行った。

(どういうことだ)

お蔦に気どられぬよう、用心しながら百太郎は追った。

お蔦は庭下駄《にわげた》を突っかけ、広い庭を茂みの奥へと進んで行く。

その向こうには土蔵があり、仄明《ほのあか》りが見えていた。

(別の男があそこで待ってるってことか……なんとまあ、呆れるな)

百太郎は身を伏せ、お蔦を追った。

お蔦は土蔵のなかへ入ると、扉を閉め切った。ということは、扉の鍵を開けて先乗りしていた人物は外部の者ではないはずだ。

百太郎はどうしてもその相手を知りたくなった。苦労して壁によじ登り、小窓からなかを覗く。お蔦が男と抱き合っていた。暗くてよく見えず、それでも懸命に目を凝らすと、仄明りの下でようやく男の顔が見えた。

（あいつは確か……）

百太郎の目が驚きに見開かれた。

十

おちかの家の八帖間で、千之介と次郎吉は向き合って座っていた。

壁ひとつ隔てただけなので、つばめ床の賑わいが伝わってくる。女たちが甲高い声で喋くり、笑っている。

初めの頃は耳障《みみざわ》りだったが、今ではそれがなくてはならないものになり、千之介の心を逆に落ち着かせるから不思議だ。

「お蔦の昔を調べてこいってえ旦那のお指図でござんしたが……」

次郎吉がおずおずと切り出した。

「わかったのか」

「へえ、それがどうもはっきりしねえんで。沖津屋へ来るめえ、お蔦は深川の牡丹《ぼたん》てえ料理屋で仲居をやっておりやした」

「どんな評判であった」

「当時の朋輩《ほうばい》の話によると、お蔦はなんでもそつなくこなして客あしらいも上々で、みんなから慕われていたとか。つまり文句のつけようのねえ女だったみてえでして。そこんところが面白くござんせん」

「悪い女と決めつけるのはよくないぞ」

「ですが人に一服盛ったんですから」

「真相は藪《やぶ》のなかだ」

「肩を持ちたくなるお気持ちはわかりやすがね、そうはゆきやせんぜ」

次郎吉が上目遣いに千之介を見て、

「そこでも人が一人死んでるんですよ」

千之介が険しい目になり、次郎吉に話の先をうながす。

「死んだな牡丹の若旦那で鶴八《つるはち》と申しやす」

「なんで死んだ」

「鉄砲洲《てっぽうず》の海で溺《おぼ》れ死んだんでさ」

「誤って落ちたのか」

「さあ、六年もめえのこってすから」

「周りの者はなんと言っている」

「鶴八は海釣りが好きだったみてえで、死んだ日は大風の後で波が高かったとか。役人もろくに調べなかったらしいんですよ」

千之介は次郎吉の顔色を読んで、

「おまえはお蔦が鶴八を殺したと思っているのだな」

「へい、仰せの通りで」

「六年前のこと、もう少し詳しく知りたい」

次郎吉が嘆息して、

「そいつを調べるとなるとてえへんな骨折りんなりやすぜ。あっしぁ岡っ引きじゃねえんですから」

「そうか、ならば浮世の縁もこれまでだ」

千之介が冷たく言うと、次郎吉は慌てて、

「ちょっ、ちょっと待って下せえやし。どうしてそう極端なんですか。やらねえた言ってねえでしょ」

「では調べてこい」

「くわっ、あたしゃ家来かよ」

「おまえは天下の大泥棒だ」

「わかってやすよ、そんなこた。けどここんとこ泥棒稼業はやってねえんです。どうしてかわかりやすか。旦那が次から次へと探索をご命じんなるからです。盗みにへえる暇がねえんですよ。お蔭で大名方はほっとひと安心でござんしょうねえ」

腐ってひねくれた次郎吉が、茶をがぶっと飲んだ。

千之介は知らん顔だ。

そこへ手代姿の百太郎が入って来た。

「兄さん、おお、ねずみもいたのか」

「こりゃまたよくお似合いで、手代姿が」

「どうした、抜けて来たのか」

千之介が百太郎に言った。

「ちょっと息抜きをさせて貰いまして、半日だけ休みを」

それより兄さん、と百太郎が膝を詰め、

「やはりお蔦はとんでもない悪婆《あくば》（悪女）でしたよ」

「何があった」

「番頭の幸吉とは夫婦同然の仲ということがわかりまして、実はその前は死んだ左兵衛の女だったんです。しかもですよ、お蔦は今は料理人の亀吉《かめきち》というのともひそかに通じてるんです」

昨夜の土蔵のなかでお蔦の相手をしていたのは、沖津屋の料理人頭亀吉だったのだ。

次郎吉がぽんと手を打ち、

「男を手玉に取る女ってこってすね、百太郎さん」

百太郎は顔をひん曲げて、

「ふしだらなんてものではないな、お蔦は欲深の男好きなのだ。わたしにはとても理解できんよ」

「狙いがあるはずだ」

ぼそっと言う千之介を、百太郎と次郎吉が見た。

「兄さんはお蔦が何かを企《たくら》んでいると？」

千之介がうなずき、

「またも人が死ぬかも知れん、だとしたら死なせてはならん。おまえはすぐに沖津屋へ戻れ」

十一

お蔦は夜具の上に腹這いになって煙草を吸っていて、その横で同衾《どうきん》しているのは料理人頭の亀吉である。

薬研堀新道《やげんぼりしんみち》にある出合茶屋《であいぢやや》の一室だ。

「あんたも大胆な人だな、昼間っからこんな所へしけ込んで。おれも肝《きも》は太いつもりだけどあんたにゃ負けるぜ。もっとも沖津屋んなかじゃお局様《つぼねさま》同様だからよ、誰にも文句を言われる筋合いはねえよなあ」

色黒で暗い目つきの亀吉が言う。年はお蔦より二つ三つ上だ。この頃の板前だけあってどこかやくざっぽい。

「いいんだよ、あたしゃ徳三探しに出掛けてることになってるんだから」

「その徳三が本当に舞い戻って来たらどうするつもりだい」

「もう何年も江戸にゃ戻って来てないんだ。山師なんてさ、どっかよその国でのたれ死にでもしてるんじゃないのかえ」

「そうしてくれてると助かるな。沖津屋はおれとあんたのものになる」

お蔦が含みのある視線を投げて、

「うまくやれるかえ、おまえさん」

「幸吉にゃ土蔵で首を吊って死んで貰う。おれ一人で十分だからあんたは知らん顔をしていてくれ。相談してえことがあると言って、奴を土蔵に呼び出すつもりだ」

「そいつぁね、昼の方がいいよ、その方が幸吉も警戒しないはずだ」

お蔦が知恵を授ける。

「そうだな」

お蔦はじゃれるように亀吉に身を寄せ、

「頼もしいね、おまえさんて人は。強い味方を持ってあたしゃなんて幸せな女なんだろ」

「あんないい旅籠はねえ。馬喰町じゃ稼ぎが一番なんだからな」

「大女将になるのが長年の夢だったんだよ」

亀吉はお蔦の下腹部をまさぐって、

「ところで近頃幸吉とはどうなんだ。おれの目を盗んでねんねなんかしてねえだろうな」

「あいつがそばに来るだけで虫酸《むしず》が走るよ。ねんごろになったのがあたしの間違いだったねえ。おまえさん、妬《や》いてるのかえ」

「幸吉とはおれが沖津屋にへえるめえからの仲だったんだろう、今さら妬いたってしょうがねえやな」

亀吉はそれ以前の、お蔦と左兵衛の色事は知らないのである。

いたずらな指に嬲《なぶ》られ、身をよじるお蔦の口から微かに妖しい声が漏れてきた。

亀吉が興奮してのしかかり、性急に動き始めた。

「抜かねえからな、覚悟しやがれ」

「ああっ」

だが折角そうなっても、お蔦は芯から熱中しているわけではなく、目の動きはどこか怪しげで、腹のなかは違うことを考えているようだ。

十二

帳場格子の奥で小机を二つ並べ、幸吉と百太郎が算盤を入れ、筆を走らせて帳付けをしていた。

ひと息入れ、物堅く律儀そうな幸吉が自分で肩を揉みほぐしながら、

「百助、助かるよ、おまえがこんなに仕事ができるとは思わなかった。言っちゃなんだけど、半次なんかよりずっといいじゃないか」

「そりゃどうも、お褒《ほ》め頂いて」

百太郎がほくほく顔を作ってみせる。自慢ではないが、やっとうは不得手《ふえて》でも、算勘には長《た》けて帳付けは得意なのだ。

「あと何年か辛抱《しんぼう》おし、出世は早いかも知れないね」

「そんなに言って頂けると、番頭さん、天にも昇る気持ちですよ」

こんな所で出世してどうするんだよと、百太郎は胸の内で思う。

奥から亀吉が来て、幸吉の前に座った。

百太郎は亀吉を見て思わず目を泳がせる。

「番頭さん、ちょっと話を聞いてくれねえかな」

百太郎の方を気にしながら亀吉が言った。

「何かあったのかね」

「相談してえことがあるんだ。手が空いたら土蔵まで来てくれよ。人に聞かれたくねえのさ」

「そうかい、わかった」

亀吉が去ると、幸吉はうんざりとした顔になり、

「あいつったら、きっとまた給金を上げろと言うんだよ。腕がいいから置いてやってるけど、こっちだっていろいろと胸算用があるから困っちまう」

百太郎にぼやく。

「番頭さんのご苦労、お察しします」

百太郎が如才なく言い、帳付けを終えて席を立つところへ、今度はお蔦が現れた。

百太郎が座り直してお蔦へ会釈する。

「番頭さん、お手空きかえ」

「ああ、ぼちぼち。なんだね」

「奥へ来てくれませんか、折入ってお話ししたいことが」

含みを持った二人の視線が絡み合った。

「片付けたらすぐに行くよ」

「お願いします」

お蔦は百太郎の方をちらっと見ると、

「百助や、おまえなかなか評判がいいよ。その調子で精をお出し」

「へえ」

お蔦が去り、百太郎もその場を離れながら妙な勘働きがした。

(なんか臭うなあ)

亀吉、お蔦の様子がいつもと違って感じられ、二人ともどこか張り詰めているようなのだ。

(これは何かが起こる前触れかも知れんぞ)

百太郎の胸がざわついた。

奥の小座敷でお蔦が待つところへ、幸吉が入って来た。

「待たせたね、亀吉が話があると言ってるんで手短に頼むよ。どうせまた給金を上げろって言うつもりなんだろうけど」

お蔦が眉間《みけん》に皺《しわ》を寄せ、不安を浮かべてにじり寄り、

「おまえさん、その亀吉のことなんだよ」

「なんだい、どうしたってんだい。そんな青い顔して」

「亀吉が広小路の賭場へ行ってるのは知ってるね」

「ああ、半次同様に困ったものだと頭を抱えているよ。半次はいなくなったからいいものの、もし亀吉が御用にでもされたら賄《まかな》いがお手上げんなっちまうんだ」

「これは椿屋《つばきや》の旦那から聞いたんだけどね」

椿屋とは馬喰町三丁目の同業者だ。

「あの旦那も賭場通いをしてるんだろう」

幸吉が言い、お蔦は声をひそめて、

「そのおなじ賭場で、亀吉が貸元《かしもと》とひそひそ話してるのを旦那が聞いて、それをあた

しに耳打ちしてくれたんだよ」
「亀吉が何か言ってたのかい」
「沖津屋を自分のものにするって」
「ええっ」
幸吉が青褪《あおざ》め、身を引くようにして、
「そんな、おまえ、板前の亀吉に旅籠商売ができるわけが」
「でも近頃あいつ、あたしに言い寄ってきて困ってるんだよ」
「なんだって」
「あたしを抱き込んでおまえさんを追い出すつもりなんじゃないかしら」
「冗談じゃない、そんなことあたしがさせるものか」
「でもあいつは力が強いから、おまえさんの息の根を止めようとしてるのかも知れない」
「土蔵へ呼び出したのはそのつもりだってのかい」
「おまえさんにもしものことがあったらあたしはどうしたら……生きてる甲斐《かい》がなくなっちまうよ」
幸吉がお蔦の手を取り、

「お蔦、よく知らせてくれたね。そんな邪《よこしま》な気持ちを持ってる奴とは一緒にやってけないよ。今から行ってあいつを叩き出してやる」

「でもそうなると賄いが」

「なんとかなるさ、とりあえず同業に頼んで料理人に来て貰えばいい。あんな奴の顔はもう見たくないよ」

幸吉は憤然と席を立ち、行きかけて、

「お蔦、そろそろどうだい」

「なんのこと？」

「あたしたちの仲だよ、正式なものにしようじゃないか」

お蔦はたちまち喜色を浮かべ、

「おまえさん、嬉しいよ」

「それじゃ今晩ゆっくり話し合おう」

「うん」

幸吉が出て行くと、お蔦の表情から笑みが消え、凝然《ぎょうぜん》と暗い情念に浸った。やがてつっと立ち、幸吉を追うように出て行った。

するとそれまで廊下の陰に隠れていた百太郎が姿を現した。小部屋での一部始終を聞いていたのだ。

（何を考えてるんだ、あの女は。男二人を手玉に取って争わせるつもりか。兄さん、どうしたらいいんだ。こうしちゃいらんないぞ）

土蔵へ急いだ。

十三

「話というのはなんだね」

土蔵へ入るなり、幸吉が待っていた亀吉に言った。向き合っての立ち話である。

亀吉は暗い目を殺意で光らせ、無言だ。

「給金の話かと思ったらどうもそうじゃなさそうだ。亀吉や、奉公人は主家《しゅか》を裏切っちゃいけないんだよ」

「おれの用件はそんなんじゃねえ」

「だったらはっきりお言い」

「おめえにあの世へ行って貰いてえのさ」

言うなり、亀吉が襲いかかった。用意の扱《しご》きを幸吉の首に巻きつけ、絞めようとする。

「あっ、何をする」

幸吉が暴れ、亀吉を突きとばした。

亀吉はよろめいて積荷に躰をぶつけるが、めげずに突進する。二人が組み打ち、憎悪を剝《む》き出しにしてつかみ合いとなった。

扉の外では、お蔦が息を詰めてなかの争いに耳を傾けている。

そこへ百太郎が駆けつけて来た。すぐに土蔵のなかの争いを察知し、

「お杉さん、何をやってるんですか。なかの争いを止めないと」

お蔦は百太郎の行く手を塞《ふさ》いで威圧し、睨み据えて、

「おまえの与《あずか》り知らないことなんだよ、向こうへ行っといで」

「お杉さん……」

百太郎はそれで何もかも合点がいった。二人の男を争わせ、お蔦は漁夫《ぎよふ》の利《り》を得ようとしているのだ。それはこの女が今までもそうやって奸計《かんけい》をめぐらせ、生きてきた証《あか》しだと確信した。

そこへ女中のお房とお元が血相変えて走って来た。

「お杉さん、徳三さんて人が来ましたよ」

お房の言葉に、すべての動きが止まった。

左兵衛の弟徳三は年のよくわからない男だった。兄の話では弟は十歳下の四十五のはずが、見た目はそれより若く、中年のなりかけのようで、しょぼたれた情けない男なのだ。

のっぺりした丸顔で、色白の肌にあばたが目立ち、髪も眉も薄く、目が小さく、どこにでもいる平凡な職人に見え、まさに吹けば飛ぶような男なのである。

それが広間の上座に短い足でどっかとあぐらをかき、幸吉、お蔦、亀吉ら、奉公人全員を集め、気負った様子で宣言を始めた。

その時、なぜか百太郎は姿を消していた。

「皆さんにゃ初めて御意《ぎょい》を得やすね。あっしは左兵衛兄貴の弟で徳三と申しやす。おいらが山師みてえな仕事をしてるんで、兄貴の死に目にゃ会えなかった。実に残念です。ようやくおいらの知るところとなってこうしてやってめえりやした。何年ぶりかなあ、江戸の土を踏むなあ。でね、肝心な話を致しやしょうか。この沖津屋をどうするか。そいつぁおいらの胸ひとつなんだ。兄貴から譲り受けて商売をつづけてくかどうか、ひと晩悩んで考えやしたよ。結論から申しやすと、ここは思い切って売りとばすことにしやした」

一斉にどよめきが起こった。

「いざ売るとなるとあっちこっちから引きがあって、てぇへんなことんなるでしょうね。なんせ馬喰町の沖津屋といやぁ諸国に名の轟いた老舗の旅籠です。売値も半端じゃねえ。それを元手にあたしゃまた新たな金鉱を探し求めて旅立ちやす。そんなわけですから商いの方は今月いっぺえってことで、皆さんも身のふり方を考えて下せえ。給金と餞別《せんべつ》はたっぷりお支払い致しやすんで」

幸吉の使っていた座敷は、徳三に陣取られた。奉公人のなかでは一番いい座敷なのだ。

日が暮れ、座敷で徳三が一人で晩酌《ばんしゃく》をしていると、幸吉が遠慮がちに入って来た。

「徳三さん、ちょっとお見せしたいものが」

「なんでしょう」

「実は土蔵にお宝が眠ってましして、大旦那が生前に買ったものなんですが、この骨董《こっとう》を売るだけでもひと財産になるんじゃないかと」

「それはいい、是非《ぜひ》見せて貰いましょうか」

「そうですか、どうぞこちらへ」

幸吉は徳三を案内して土蔵へ来ると、なかへ入って扉を閉め切った。

「どこですか、お宝は」

徳三が見廻して言うところへ、積荷の陰からお蔦、亀吉が現れた。幸吉を含めた三人が陰気臭い表情で徳三を取り囲む。

「おや、穏やかじゃないようですけど……おまえさん方、なんぞあたしに言いたいことでもあんなさるのかね」

「大有りですとも、徳三さん」

幸吉が言えば、お蔦も怒りの目で、

「ここを売りとばすなんてひどい話ですね。そんなことされた日にゃたまったもんじゃない。おまえさんの料簡《りょうけん》は間違ってますよ」

徳三がせせら笑って、

「だからって沖津屋はあたしのものなんだ、売ろうがどうしようがこっちの勝手ですよ。奉公人が口出しする筋合いのもんじゃない」

「そうはさせねえぞ」

亀吉が言い、殺意をみなぎらせて一歩前へ出ると、

「おめえさんにゃ首を吊って死んで貰うぜ。こいつぁ三人で談合して決めたことなんだ」

徳三が青くなり、後ずさった。

三人がじりっと迫る。

その時、扉が開いて黒い影が入って来た。千之介である。

「奸賊《かんぞく》ども、そこまでだ」

千之介が言い放ち、三人を睨み廻した。

「次郎吉、もうよいぞ」

「へえ」

徳三になりすました次郎吉がにっこり笑った。

「こ奴は徳三ではない。おれの手の者だ。悪いがおまえたちを罠《わな》に嵌《は》めたのだ」

三人が険悪な表情になる。

「山師仲間に聞いて廻ったら徳三さんは三年前に甲州でおっ死《ち》んだらしいぜ。兄さんよりも先に弟の方があの世へ行っちまったのさ」

次郎吉はそれだけ言うと、出て行った。

「おまえたち、左兵衛殺しの科《とが》で召捕《めしと》る」

千之介の言葉に、幸吉と亀吉は愕然となるが、お蔦はぎりぎりと切歯《せっし》して、

「風祭の旦那、恩を仇《あだ》で返すんですか」

「恩は恩として、おまえのしてきたことは許し難い」

「なんだって」

「深川の料理屋牡丹の伜《せがれ》鶴八が、鉄砲洲の海に落ちて死んだのはおまえの仕業であろう」

「このあたしが人殺しを？　そんな馬鹿なことをする女じゃないつもりですけどねえ」

顔をひきつらせながらも、お蔦は精一杯の冷笑を浮かべている。

「そうだ、おまえは常におのれの手は汚さぬ女よ。そのつど手なずけた男に殺しを囁くのだ。ここでお杉と名乗っていたのにもわけがあろう。お蔦の名でおまえは手配りされていた。罪状は騙《かた》りだ。叩けば埃《ほこり》の出る女だったのだな」

「……」

「牡丹の時は竈《かま》炊《た》きの寅二郎《とらじろう》という男であった。その奴をそそのかし、荒れた海に鶴八を突き落とさせた」

すべては次郎吉が調べ上げてきたことだった。

「左兵衛殺しはどうだ、幸吉か、亀吉のどっちなのだ」

幸吉と亀吉は動揺で見交わし、

「なんのことかわからない、あたしには関わりのないことだ。亀吉、おまえなんだろう」

亀吉は暗鬱《あんうつ》な表情で押し黙っている。

「亀吉や、しっかりおし。揺さぶられちゃいけないよ。証拠は何もないんだからね」

お蔦はなんとか口止めしようとする。

「お、おれぁお杉と一緒になりてえ一心で。鳥兜なんて知らねえ」

「誰も鳥兜とは言ってないぞ。おまえが料理に仕込んで一服盛ったのだな」

「くそっ」

自棄《やけ》になった亀吉が千之介に殴りかかったが、その利き腕をすばやく捉え、千之介が投げとばした。

それと同時に扉が引き開けられ、寒川五郎兵衛と捕方の一団がなだれ込んで来た。

その後ろに百太郎もいる。

「風祭殿」

「三人をお縄に」

千之介の指図で、捕方が三人に群がって縄を打った。

縛られたお蔦が千之介の近くへ来た。

「お蔦、昔に何があったかは知る由もない。しかしおまえはちと阿漕《あこぎ》にやり過ぎた。欲望には蓋《ふた》をせねば際限がなかろう」

「おまえさんに出くわさなかったら悪事は露見しなかったのに。悔しいったらありゃしない、運が尽きたんですねえ」

「おまえに助けられたからな、心苦しいぞ」

その時だけお蔦は心を乱して、

「そんなふうに言わないで下さいまし。引っ込みがつかなくなるじゃありませんか。でも人のやることって変ですよね、助ける一方で手に掛けて、自分でもわからないんです」

千之介が引かれて行くお蔦の背に、

「お蔦」

お蔦がふり向いた。

「すまん」

千之介が頭を下げた。

お蔦は感情を殺した顔で引かれて行った。

無残な、そして一抹《いちまつ》の憐れみの目で、千之介はお蔦を見送った。

第三話　女別式《おんなべっしき》

一

ぱしゃっ！

池を中心とした廻遊式庭園《かいゆうしきていえん》で、緋鯉《ひごい》が勢いよく跳ねた。

「脅かすなよ、おい」

小橋を渡っていたねずみ小僧次郎吉は、思わず口を尖《とが》らせてつぶやいた。そんな些《さ》細《さい》なことにも肝《きも》を冷やすおのれに苦笑が滲《にじ》む。生来の小心者なのだ。

それだけに忍び込みには用意万端《よういばんたん》整え、全神経を張り詰め、細心の注意を払っている。

黒装束《くろしょうぞく》の裾《すそ》をからげ、黒布を盗《ぬす》っ人被《とかぶ》りにしたお定まりの装束だが、次郎吉の場合は忍び込みに際して長脇差《なかどす》や匕首《あいくち》など、人を殺傷する道具は一切持たないことにしている。

帯の後ろに差し込んだ鳶口《とびぐち》は、忍び込み先で邪魔な枝を伐採《ばっさい》したり、屋根瓦《やねがわら》をひっかけて持ち上げる時などに使うもので、人を脅したり疵《きず》つけたりするつもりは毛頭なかった。

血の雨を降らしてまで強引に物を盗ろうとは思っておらず、あくまでひっそり、こっそりと、盗られた方が気づかぬうちに物がなくなっていればよいと思っている。

そこにねずみ小僧次郎吉ならではの拘《こだわ》りと美学があり、貧しい人からは決して盗んではならぬと、おのれだけの掟《おきて》もあった。ゆえに畢竟《ひっきょう》、狙いは大名、旗本になるのである。

(だからおれ様は、天下一の千両盗っ人になれたんだぜ)

ひそかな自負もあった。

しかし千両役者はあっても、千両盗っ人とは聞いたことがない。

それに次郎吉は腕力に自信がないから、争いになったらひたすら逃げをうつことにしている。堅気の頃は鳶職をしていたので、高い所は平気だし、駆けっこなら誰にも負けない。

今宵《こよい》狙いをつけた大名家は一万八千石の外様《とざま》小藩だが、上屋敷は優に三千坪以上はあって、春には緑豊かになるであろう宏大《こうだい》な庭園には、風雅《ふうが》な工夫が様々に凝らされている。

小橋を渡り切ると築山《つきやま》になっていて、木立を抜けて頂《いただき》に立つと、ようやくどっしりとした藩邸が見えてきた。

夜の四つ（十時）時分ゆえに、当然のことながら寝静まっている。

目をつけてから四、五日は藩邸の周辺に張りつき、規模や人の出入りを見定めた上での忍び込みだから、おおよその見当はついていた。手の内に入っての決行なのである。

どこの大名屋敷も邸内の造りは似たりよったりで、次郎吉は四半刻（三十分）ほど後には藩邸内に侵入していた。

畳廊下を踏みしめ、奥の院へと向かう。

その時、一室から「ううっ」と言う男の異様な呻《うめ》き声が漏れた。

次郎吉の歩みが止まった。

緊張に身を引き締め、耳を澄ます。次にどさっと畳に誰かの躰が崩れ落ちるような音がした。声を掛けるわけにもゆかず、障子に張りついてなかの様子を窺《うかが》った。

だがそれきり何も聞こえてこない。

立ち去るべきかどうすべきか、判断に迷った。しかしその一室で異変が起こったことは間違いないのだ。障子をそろりと細めに開けるや、あっと声を出しそうになった。

行燈《あんどん》の灯が揺らめくそばで、一人の老武士が割腹して果てていた。覚悟の上らしく、白絹《しらぎぬ》の白衣姿になっている。それが鮮血に染まっている。

すると――。

こっちへ向けて足音が聞こえてきた。

次郎吉がはっとなり、やむなく一室へ忍び込んで障子を閉め切った。老武士はすでにこと切れていた。

（な、なんだってこんなことに……）

茫然《ぼうぜん》と立ち尽くしていると、廊下から女の声がした。

「ご家老、浅茅《あさじ》にございます」

次郎吉は泡を食って血まみれの畳を踏み、屏風《びょうぶ》の陰にとび込んで、そこで息を殺した。

間を置かずに二人の女が入って来た。

手燭《てしょく》を持ち、薙刀《なぎなた》を携《たずさ》えている。夜廻りの御殿女中たちだ。それが尋常な御殿女中と違うところは、二人は叫んだり騒いだりせず、あくまで冷静に状況を見て、突っ伏している老武士に駆け寄り、その死にざまを確かめていることだ。

女二人はどちらもまだ若く、際立った美貌《びぼう》で、下げ髪にして中髢《なかかもじ》を掛け、搔取《かいど》りは黒地の総模様だ。

きらびやかな御殿装束の二人は、浅茅と白縫《しらぬい》といい、当家抱えの別式女《べつしきめ》である。別式女とは大名家の奥向き警護を受け持つ女侍《おんなざむらい》のことで、文武共に秀《ひい》でた選りすぐりということになる。勇ましい女たちなのだ。

「ご家老は件《くだん》のことでお腹を召されたのでございますね」

浅茅が緊迫した声で言うが、白縫は無念の目を落として何も言わない。

「白縫殿、なんとしてでも銀蛇組《ぎんだぐみ》を見つけ出さねばご家老は浮かばれませぬ。いえ、それどころか、当家危急存亡《ききゅうそんぼう》の時ではございませぬか」

「わかっています、されど今はともかく」

白縫は少し年下の浅茅をなだめるようにして、

「こうなった上はやむを得ませぬ。あくまで事は隠密に取り計らいましょうぞ。わたくし、益子《ますこ》様にお知らせして参ります」

「どうかよしなに」

白縫が出て行くと、浅茅はその場に留まって室内を調べ始めた。

その手がひたっと止まり、屏風の方へ鋭い視線を投げた。

「そこにいるのは誰です」

次郎吉は総毛立ち、硬直した。俄《にわか》に尿意を催《もよお》して漏らしそうになる。

浅茅が立って薙刀を構え、凄まじい勢いで風を切ってひとふりした。

屛風が真っ二つに切り裂かれ、そこに膝小僧を抱えた次郎吉のみっともない姿が晒《さら》された。

「何者じゃ」

あわあわと言いかけるも、恐怖で凍りついた次郎吉は言葉が出ない。通りすがりの者ですとはまさか言えない。

「その風体は盗賊であるな。成敗《せいばい》してくれようぞ」

浅茅がさらに踏み込み、切っ先鋭く薙刀をふるった。縦横に斬りつける。

身を泳がせて転がり、畳を這《は》って、次郎吉が夢中で雨戸に体当たりをした。

「おのれ」

浅茅は攻撃をやめず、庭へ転がり落ちた次郎吉を追跡し、容赦《ようしゃ》なく白刃を閃《ひらめ》かす。

刃風が次郎吉の耳のそばで唸《うな》り、薙刀が左の上腕を切った。

「あ痛っ」

次郎吉が痛みに泣きそうになる。

浅茅の追撃は止まらず、次郎吉は必死でとんぼを切って逃げ廻り、樹木の間を抜けて土塀にとびつき、一気に身を躍らせた。そうして軽々と塀の外へ消え去る。

切歯《せっし》して見送る浅茅の貌《かお》に、青い月の光が当たった。

それはとてもこの世のものとは思えぬ、美しき女武者の姿であった。

二

つばめ床は今日も立て混んでいた。

髪を結わせている女客は三人で、おちか、お汐、お米がそれぞれに当たっている。雑用係の剃出《すりだ》しお仲は忙しく土間で立ち働いている。奥の小座敷で順番待ちをしている女客は四人で、勝手に茶を淹《い》れ、持参の煎餅《せんべい》を齧《かじ》って、絵草子《えぞうし》などを読んで暇潰《ひまつぶ》しをしている。

「聞いとくれよ、おちかさん」

おちかに結わせているお金《かね》という裏長屋のかみさんが、訴える顔になって、

「うちの人ったら、仕事中に怪我して休んでるのをいいことにして、近所の行き遅れの娘にちょっかい出してるんだよ」

お金の亭主は植木職で、仕事中に木から落ちて足の骨を折り、家で療治の最中だった。

「んまあ、それはよくありませんねえ。浮気相手の娘さんてどんな人なんですか」

笑みを含んでおちかが言う。

「もう三十に手が届くってのに、家が裕福なもんだから嫁入りする気なんかないらしくって、遊び暮らしてるんだよ。それがあんた、少しばかり若く見えるからお振袖《ふりそで》を着ているのさ。図々しいったらありゃしない。近所の鼻つまみなんだけど、そんなにうちの人がひっかかっちまってさあ」

「お金さんは仕事を持ってるんですよね」

「ああ、そうさ。紺屋《こんや》（染物屋）で働いて暮らしを助けてるよ。子供が大勢いるからね。男が仕事しないで家でぐうたらしてるとろくなことがないのさ」

お汐とお米が思わず見交わし、

「本当、それは言えますよ、お金さん。うちの人なんかもう丸二年もぶらぶらしてて、あたしの稼ぎに寄りかかりっ放しなんです」

二十四のお汐が打ち明ければ、三十のお米もうなずき、

「うちは四年になるよ、男が四年も仕事にあぶれてるとどうなるか」

「どうなるの？　お米さん」

お汐が問うと、お米は苦笑を浮かべ、

「だんだんいじけてきてさ、小さくなってくんだ。なんだかその姿見てると可哀相《かわいそう》になっちまって、近頃じゃあたしゃ何も言わないようにしているよ」

「でもご亭主は浮気はしないんだろう」

お金の言葉に、お米はにっこりうなずき、

「だってそんな甲斐性《かいしょう》ないもの。女を作るには金がないとどうにもなりゃしないからね」

「あっ、そっか、じゃあたしもそうしよう。首に縄つけて飼い殺しにしとけばいいんだ」

お金が膝を打って言った。

縄をつけて飼い殺しと言う言葉が受けて、笑いが沸《わ》き起こった。

おちかも笑顔だったが、そこへ店の前を素通りして行く次郎吉を見て不審顔になった。

次郎吉は晒し木綿《もめん》（包帯）で左腕を巻き、それを首から吊った冴《さ》えない姿だったのだ。

「どうも、千の旦那、ご無沙汰《ぶさた》でござんす」

こっちに背を向け、小机で本を読んでいる風祭千之介に向かい、次郎吉が襟《えり》を正して言った。

だが千之介はうんともすんとも言わない。

「旦那、ちょっとばかり妙な出来事に出くわしちまいやして」

次郎吉がそう言っても、千之介の応答はない。

「実はあっしの見てる前で、立派なおさむれえさんが腹を切ったんですよ。それがどうもご家老らしいんですがね」

それでやっと千之介が本を閉じ、次郎吉の方へ向き直った。

「何があった」

「へえ」

「なぜそんな場面に遭遇《そうぐう》した」

「盗みにへえったんです」

「どこへだ」

「湯島天神下《ゆしまてんじんした》にある黒羽藩《くろばねはん》の上屋敷でさ」

「外様であったな、黒羽藩は」

「さいで。一万八千石のちいせえ藩で、そんな所に限って銭が唸ってると踏んで、ゆんべ忍び込みやした」

千之介は次郎吉の盗みに関しては一切取り沙汰せず、

「その腕の疵《きず》はどうした」

「女ざむれえに見つかって、薙刀で斬られたんでさ」

「別式女だな」

「なんなんです、そいつぁ」

「大名家が抱えている奥向き警護の女侍のことだ。腕に覚えがあるゆえ、生半可《なまはんか》な男は歯が立たぬという」

「てえへんな別嬪《べっぴん》でして、それが牙《きば》を剝《む》いてあっしに薙刀で斬りかかってきたんですよ。もうお陀仏《だぶつ》かと思いやしたが、命からがら逃げてめえりやした。この疵はそん時のもんでして」

「藩邸内のことはわからんな。何かあったのであろう。関わりなきゆえ、忘れることだ」

「ひとつ気になることが」

「どうした」

「その別式女がおさむれえの死げえを前にして、もう一人の別式女にこう言ったんでさ。なんとしてでも銀蛇組を見つけ出さねばご家老は浮かばれねえ、それどころか当家は危急存亡の時だと。なんのこってすかね。因《ちな》みに女ざむれえたちの名めえは、浅茅と白縫と言っておりやした」

千之介は表情を険《けわ》しくしていて、

「銀蛇組……確かにその名が出たのだな」

「へえ」

「……」

千之介が押し黙り、考えに耽《ふけ》った。

そこへおちかが店を抜けてやって来た。

「ちょいと、ねずさん、どうしたんだえ、その怪我は」

「たはは、こんち女将《おかみ》さん、結構なお日和《ひより》で。なあに、とんだどじ踏んで、犬の糞《くそ》に蹴《け》つまずいてすっ転んじまったんですよ」

その場凌《しの》ぎの嘘を言った。

「それならいいけど、あたしゃまた喧嘩《けんか》でもしたのかと」

千之介が刀を取って立ち上がった。

「お出掛けかい、おまえさん」

何も言わずに千之介は出て行き、次郎吉が見送って、

「おいらが火をつけちまったかな……」

「え？　なんのこと、ねずさん」

「いえいえ、こっちの話で。女将さん、申し訳ござんせんが、飯食わして貰えやせんか」

「いいわよ、すぐ支度するわ」

おちかが台所へ行くと、次郎吉は考え込んだ。

(旦那のあの様子だと只《ただ》ごっちゃねえぞ。銀蛇組のこと、なんか知ってるみてえじゃねえか……)

三

風祭家は神田駿河台下富士見坂《ふじみざか》にあった。拝領屋敷は三十間四方千坪余、長屋門《ながやもん》で門番所付き、海鼠塀《なまこべい》が張りめぐらされている。

書院風の奥の院で千之介が待っていると、裾長にした小袖《こそで》をつまみながら母親の登勢が入室して来た。色艶のよい五十歳だ。

「まあ、千之介、突然のことでびっくり致しました。でも嬉しいわ。よくぞ参られま

したな」

登勢は対座するなり、胸を弾ませるようにして言った。最愛のわが子に対し、敬意も払っている。

千之介は無言で叩頭《こうとう》する。

「して、今日はなんですの。百太郎ならまだ下城しておりませぬが」

「用は母上にござる」

「なんでしょう」

「銀蛇組をご存知ですな」

「はい」

登勢の表情が硬くなった。

「六、七年前になりますか、父上は銀蛇組なる偸盗《ちゆうとう》を追いかけておられました。百太郎がこの家へ来る前のことです」

登勢が確《しか》とうなずき、

「よく憶えておりますよ。滅多にお役の話をせぬ御前様《ごぜんさま》が、いつも銀蛇組に出し抜かれ、帰宅なされてはわらわに憤懣《ふんまん》をぶつけておられました」

「詳《つまび》らかな話をご存知か」

「はて……」

「わたくしは父上から仄聞《そくぶん》しただけで、よくは知り申さぬのです」

「今頃になって、どうして銀蛇組のことなどを。わらわはもう消え去った者たちと思うておりましたが」

「どうやらさる藩に災いを及ぼしているようなのです」

「助けて上げるつもりなのですか」

「いえ、それはなんとも。まだ事情がわかりませぬので」

「困りました、銀蛇組に関する書きつけは燃やしてしまったのです」

そう言った後、登勢は暫《しば》し考えていたが、「おお、そうじゃ」と言って手を打ち、

「袋田《ふくろだ》なら何か知っているやも知れませぬ」

「呼んで下され」

登勢が小鈴を鳴らして奥女中を呼び、袋田をここへと命じた。

ややあって用人の袋田喜内《きない》がやって来た。

袋田は小柄な六十過ぎで、風祭家には四十年以上に亘《わた》って仕えている老人だ。狆《ちん》によく似た愛嬌のある顔に、阿蘭陀《オランダ》式眼鏡《しきめがね》をかけている。邸内の侍長屋に妻子と住み、長男は風祭家の家来になっている。

「これは、若」

と言うなり、袋田は千之介の前にぺたんと座り、手を握ってきて、眼鏡の奥の目を潤《うる》ませ、「どうしておられましたか」と言った。この男、過度な感激性のようだ。

「喜内、案ずることは何もない。おれは息災だ」

「はっ、奥方様からいつもお話は。ご妻帯なされ、ちか殿が一度当家に参られた折、それがしもご挨拶《あいさつ》致しております。大変よきおなごでございました」

「袋田、千之介の話を聞いてやって下され。銀蛇組のことを知らぬか」

登勢に言われ、袋田は表情を引き締めて、

「あ奴らめ、まだ悪事を働いておりまするのか」

「銀蛇組に関して知っていることあらば、洗い浚《ざら》い話してくれ」

千之介の言葉に、袋田は記憶をまさぐるようにしていたが、

「銀蛇組は三人組で、当時は少年たちだったように聞きました」

「子供なのか」

千之介が問い返す。

「子供と申しましても、彼奴《きやつ》らめは尋常な少年たちではございませぬ。偸組《ぬすみぐみ》と称する忍び人くずれなのです」

「偸組となｌ」

「加賀《かが》に伝わりし伊賀《いが》の一派にございます」

加賀百万石の前田家《まえだけ》には元々越前流《えちぜんりゅう》と称するお抱えの忍び軍団がいたが、前田利家《としいえ》とその子利長《としなが》の時代に、四井主馬《しいしゅめ》を頭《かしら》とする五十人の偸組と呼ばれる別動隊ができた。彼らは天正《てんしょう》伊賀の乱で逃れた伊賀者の流れを汲《く》む一派といわれ、「忍びは偸盗術をも含む也」という忍術書の文言からその名がついたという。

徳川《とくがわ》の天下がつづくにつれ、多くの外様大名が取り潰されるなか、二百八十年の長きに亘って前田家が存続し、安泰だったのは、幕府の動向に対して常に正確な情報を得て、厳密な分析をし、的確な判断を下したからだと言われている。その陰で情報収集に努めた偸組の活躍があったと、誠しやかに伝えられているのだ。

「忍び人などと申すは邪《よこしま》な存在と、それがしは思うております。戦国の御世《みよ》にあっては確かになくてはならぬ必要悪であったのでござろう。他家の秘密を盗み、それを主家に教え、暗殺や謀略は思いのまま、武士ではないのですから誇りも何もなく、人の裏をかくようなことばかり考えているような輩《やから》です。それが泰平の世となってはなす術《すべ》がなく、ただのはぐれ者に成り果て、食わんがために伝来の秘術を用い、盗みや略奪を繰り返す。武家に累を及ぼすので、御前様は偸組の三人を躍起《やっき》になって追っておられました。ところが彼奴らめはすばしっこく、尻尾《しっぽ》をつかめぬうちに御前様はご他界なされ、返す返すも無念でなりませぬ。その後彼奴らめの夜働きもとんと聞かなくなり、それがしは悪業の報いで、野面《のづら》の果てに朽《く》ちでもしたかと思うておりました」

「銀蛇組が健在とするなら、ひとかどの若者になっているな」

「左様。もし若が彼奴らめを追い詰め、仕留めるご所存なら、御前様もどんなにお喜びになられることか」

「千之介」

登勢が千之介に真顔を据えた。

「はっ」

「よいか、御前様の遺恨を晴らしなさい。それだけではありませぬ。世に災いを及ぼすような輩は成敗せねばならぬのです」

「……」

千之介は無言で頭を下げた。

四

日暮れてつばめ床を閉め、おちかは千之介と差し向かいで晩酌《ばんしゃく》をやっていた。

ほろ酔いのおちかがくすっと笑い、

「あたしって変なんですよ、旦那とは今年んなってからの昨日今日の仲なのに、ずっと何年も一緒にいるような気がするんです」

「穏やかな凪《なぎ》のようだな」

「波風が立たないってことですか」

「それが大事であろう」

「でも前の亭主はそうじゃありませんでしたよ」

「おまえも若かったのだ」

「ええ、確かにそれは……」

「前の亭主はどうしている」

「さあ、近頃は風の噂も聞きませんねえ」

「困っていたら助けてやれ」

「今の亭主にそう言われても、あたしとしては面食らうばかりですよ。あんまり困らせないで下さいましな」

「善だな、おまえは」

「へっ？」

「根っからの善人なのだ。だからおれも安心してつき合える。凪はおまえのお蔭だ」

「照れ臭いじゃありませんか」

「なるほど、顔が赤いぞ」

「こ、これはお酒のせいなんです」

もう一本つけますと言い、おちかが席を立つところへ、裏土間から次郎吉がひょっこり入って来た。

「まあ、ねずさん」

次郎吉はその場の光景を見て慌て、

「あ、いやあ、まずいところへ。さしつさされつの真っ最中に、なんだってあたしゃこう気が利かねえんでしょう。野暮天《やぼてん》もいいとこだ」

「構わん、上がれ」

「どうも申し訳ねえ、邪魔するつもりはなかったんですがね」

「おちか、席を外せ。大泥棒と話がある」

「わかりました」

おちかが心得て別室へ去った。

次郎吉は千之介の前に座り、お流れを頂戴《ちょうだい》しながら、

「いやもう、お大名家の奴らときたら口が固くってめえりやしたよ」

「要点だけ言え」

「へっ」

次郎吉が愛想笑いを消し、油断のならない目つきになって、

「あらかたのことはわかりやしたぜ」

きゅっとひと口飲んで、

「腹を切ったな江戸家老の徳大寺《とくだいじ》頼母《たのも》って人でした。五十半ばで温厚な人柄で知られ、悪い評判はこれっぽっちもござんせん」

「それがどんな災厄を抱えていた」

「黒羽藩からでえじな密書が盗まれたらしいんでさ」

「銀蛇組の仕業《しわざ》だな」

「へえ、なんせその盗まれたものが表に出るってえと藩は危なくなっちまうとか。別式女の姐《ねえ》さん方が言ってた危急存亡の時ってな、そのことじゃねえんですかい」

「藩にとっては由々《ゆゆ》しき大事だ。それで別式女たちは密書を奪い返そうとしているのか」

「さいで。けど旦那、どうなさるおつもりなんですね。そんな危ねえことに首を突っ

込まねえ方が」

千之介に睨《にら》まれ、次郎吉は目を伏せて、

「……あ、いえ、余計なことを」

「実はねずみ、銀蛇組はこのおれとは無関係ではない。かつて亡き父上が追っていて、捕えることが叶《かな》わなかったいわば宿敵なのだ」

「うへえ、そうだったんですかい」

次郎吉が驚きの目を剝く。

「銀蛇組が奪った密書をどうしようとしているのか、それをねたにしてゆすりでも考えているのなら阻止《そし》せねばならん。しかし問題なのはその密書の中身だな。それをまず知る必要がある」

「なるほど」

次郎吉は遠慮がちな口調になって、

「差し当たって、何をなさるおつもりで」

「まず別式女たちと手を組むことだ」

「あの姐さん方が旦那にすんなり胸を開くとはとても思えやせんが」

「それを開かせるつもりでいる」

「でえ丈夫でござんすかい？　女の扱い」

「女の扱いだと？」

「へえ、まあ、その、おちかさんとはうまくいってるとしても、ほかの女はそういかねえかも知れねえじゃねえですか。難しいんですぜ、女ってな」

少しばかり兄貴のような気分で次郎吉が言う。

「おまえは盗んだ金で女を何人も囲っているそうだな」

次郎吉がおたついて、

「い、いってえ誰からそんなことを」

「世間がそう言っている。真偽のほどはどうなのだ」

「……」

「おい、次郎吉、有体《ありてい》に言え」

「へっ、嘘とは申しやせん、世間様の言う通りです。今んところ五人の女に贅沢《ぜいたく》な暮らしをさせておりやさ。あっしぁ女の扱いにかけちゃ馴れっこなんで」

「その顔でか」

「あっ、ああ、旦那もそんな悪い冗談を言うんですね」

「本心だ」

「これだよ」

「と申して、おまえから女の扱いを教わる気はないぞ」

「別式女どもは女じゃございんせん、ありゃ鬼女とか妖怪でござんすね」

「女に変わりはあるまい」

千之介が不敵な笑みを浮かべた。

五

黒羽藩上屋敷の広間に、江戸家老徳大寺頼母の亡骸《なきがら》が白布で顔を隠し、夜具に寝かされていた。

その前に暗然とした表情で座っているのはもう一人の江戸家老益子官太夫《かんだゆう》で、背後に浅茅と白縫が畏《かしこ》まっている。

益子は六十近くの老齢ながら身は壮健で、武芸で鍛えたごつい体躯《たいく》の持ち主だ。だが顔つきは柔和で武張った感はなく、白髪が品のよい印象を与えている。

その益子が悲痛に顔を歪《ゆが》め、声を絞り出すようにして、

「頼母とは竹馬の友であった。ご城下で共に剣の腕を磨き、放埒《ほうらつ》に遊びもした。おなごを取り合うたこともある。すべては昨日の出来事のようじゃ」

白縫は啜《すす》り泣いているが、浅茅はじっと怨念《おんねん》の目を一点に据え、

「ご家老、この悲しみ骨身に沁みて。怨《うら》み晴らさでおきませぬ」

美しい娘の目も充血していた。

益子は向き直り、浅茅へ心配げな目を向けて、

「浅茅、血迷うて何も見えなくなってはならぬぞ。この上その方たちまで失いたくない。こたびの敵は魔性と思え」

「魔性と申すより鬼畜外道《きちくげどう》、徳大寺様を死に追いやったのですから、奴らを人とは思うておりませぬ」

益子は「うむ、うむ」と言ってうなずき、

「して、探索はどこまで進んでいる」

浅茅が身を乗り出し、

「実は僥倖《ぎょうこう》が得られそうなのです。一味の住処《すみか》らしきものの見当が」

「それは誠か。手勢を繰り出してやる。奴らはどこにいる」

益子が意気込むと、浅茅は頭を垂れ、

「いえ、ご家老、まだ時期尚早にございますれば。内偵を進めておりますので、今暫くのご猶予《ゆうよ》を」

「うぬっ、果たしてそれがいつまで待てるものか」

益子は歯嚙《はが》みし、切歯扼腕《やくわん》となった。

白縫がはっと顔を上げ、手拭いで目頭を拭いながら、

「ご家老、事態になんぞ変化がございましたか」

「いいや、頼母の許から密書を盗んで以来、銀蛇組からはなんの沙汰もない。しかしもし密書をねたに当家に大金を寄こせと言って参ったなら、ほとほと困り果てるぞ」

浅茅と白縫がそっと見交わし合う。

益子が袂《たもと》をまさぐり、折り畳んだ書きつけを取り出した。何度も読み返したらしく、皺《しわ》くちゃだ。

そこには――。

『「西尾《にしお》密書」確《しか》と預かりし候《そうろう》　銀蛇組』とのみ、書かれてあった。

「これだけではなんのことやら……かと申して、彼奴らが何かを企《たくら》みしは明白、望みは金しかあるまい。しかし江戸と国表のどちらの御金蔵《おかねぐら》にも大金は眠っておらぬ。当家に余分な金などびた一文あるはずもないのだ。その方らも知っておろうが、打ちつづく飢饉《ききん》に領内は疲弊《ひへい》しきっている。この寒空に皆が食うや食わず、着るものも着られぬ有様なのじゃ。銀蛇組がどのようなもくろみがあってあの密書を奪ったのか、あ

れがもし出る所へ出たなら当家はどうなるか。それを考えると不安で夜も眠れぬ」

浅茅たちは沈黙し、目を伏せている。

「この窮地を打破するにはその方たちを頼むしかない。なんとか銀蛇組を暴き、密書を取り戻してくれい」

「御意」

浅茅が言い、白縫と共に叩頭して、

「身命を賭《と》しまして」

「頼む。行け」

二人が出て行った。

益子は友の亡骸を、凝然《ぎようぜん》と見つめつづけている。

六

本所回向院《ほんじよえこういん》の門前町に、筵掛《むしろが》けの粗末な小屋が三軒並び、そのうちの一軒の有明座《ありあけざ》は常に人形浄瑠璃《にんぎようじようるり》を興行していた。

他の二座は際物《きわもの》っぽい見世物の類《たぐい》で、座員が一つ目小僧やろくろっ首の化け物に扮《ふん》して客を怖がらせ、また怪談噺《かいだんばなし》などを講じてそれなりに人を集めている。冬場に夏場のものをやるところにみそがあるようだ。小屋群に並んで商う露天商《ろてんしょう》たちもそのお蔭で潤い、両者は持ちつ持たれつの関係を保っていた。

しかし火灯《ひとも》し頃になると、見世物の二座は小屋を閉め、露天商たちもいなくなる。お上のお達しで、火災防止のために夜間興行は禁じられているからだ。

ところが辺りが暗くなっても、ぽつんと有明座の灯だけはついているのである。夜を跨《また》いで興行をつづけているのだ。手入れを受けないのは、役人に鼻薬を利かせているものと思われた。

設置された小さな舞台では、折しも人形芝居による『曾根崎心中《そねざきしんじゅう》』が上演されていた。

元禄期《げんろくき》に近松門左衛門《ちかまつもんざえもん》と竹本義太夫《たけもとぎだゆう》が手を組み、一世を風靡《ふうび》した演目が『曾根崎心中』である。

大坂内本町《おおさかうちほんまち》の醤油屋《しょうゆや》平野屋《ひらのや》の手代徳兵衛《とくべえ》と、北の新地の天満屋《てんまや》遊女お初《はつ》とが、恋い焦がれた末に曾根崎天神の森で情死した実際の事件を、近松が取り上げて脚色したもので、世話物の最高傑作と伝えられている。

黒子《くろこ》になった傀儡師《くぐつし》たちが、手遣い、指遣い、糸操りなどの手法を駆使し、烈しく掻き鳴らされる三味線《しゃみせん》の音色に乗って暗い情念芝居を見せている。人形たちの背景では妖しげな影絵の景色も写し出されている。

だが文政《ぶんせい》の今では心中ものなど流行《はや》らないから、その夜の客数はまばらであった。

そんななか、浅茅と白縫は客に紛《まぎ》れ込んで芝居を見物していた。

どちらも目立たぬ黒っぽい小袖を着た装いで、やはり黒の袱紗《ふくさ》に小太刀を包み隠している。武家女の二人連れが、おしのびで見に来ているように見せかけているのだ。

二人は顔を寄せ、ほとんど聞き取れないような声で囁《ささや》き合っている。

「座頭《ざがしら》の正体はわかりましたか」

白縫の問いに、浅茅は眉間《みけん》を寄せ、

「いいえ、それがいくら調べても。他の二座の者たちに聞いても、有明座は先月よりここで興行を始めたばかりで、外部とは打ち解けず、つまり没交渉《ぼっこうしょう》のようなのです」

「座頭はどんな男なのです」

「二十半ばのうろんげな奴です」

「ほかには」

「座頭よりも年下が二人、その三人が要《かなめ》で、後の座員たちとなりますと、誰が誰やら」

「面妖《めんよう》ですね。敵の正体が知れぬことには戦法が立ち行きませせぬ」

「身のこなし、勘働《かんばたら》き、足捌《あしさば》き、どれをとってもただの賊や無頼の徒とは違うように思えます」

暫し黙考していた白縫が決意の目を向け、

「浅茅殿、お覚悟めされい」

「はい」

「今宵、これより決着をつけましょう。座頭がもし銀蛇組なら、襲って密書を奪い返すのです」

「座頭は楽屋にいるものと」

「では、いざ」

「心得ました」

二人が桟敷《さじき》から立ちかけるところへ、五、六人の町人体の男客が入って来て、ずらっと背後に居並んだ。

それらが発する異様な雰囲気に、浅茅は危険を察知して鋭い視線を走らせた。

「うっ」

突如、白縫が悲鳴を漏らした。

浅茅がはっとなって見やると、白縫の胸許から血ぬられた白刃が突き出ていた。背後の男の一人が長脇差《ながどす》で突き刺したのだ。

「おのれ」

浅茅が怒号して立ち上がり、袱紗を解いて小太刀を取り出し、白刃を鞘走《さやばし》らせて正眼に構えた。

すると同時に舞台の灯が消え、人形たちが引っ込み、小屋のなかは雪洞《ぼんぼり》だけのうす明りになった。どんでん返しで舞台の情景が一変したかのように見える。

舞台の袖から三人の町人体の男たちが現れた。銀蛇組の夢幻斎《むげんさい》、影絵丸《かげえまる》、蟬丸《せみまる》で、いずれも白面の美男揃いである。

夢幻斎が無言でうながし、関わりのない数人の客は色を変え、われ先に小屋から出て行った。

その時、身を伏せて苦悶していた白縫が、断末魔《だんまつま》の叫びをひと声漏らし、息絶えた。

「白縫殿……」

浅茅は憤怒《ふんぬ》と悲しみを抑え、張り詰めた目で男たちを睨み廻すと、

「やはりおまえたちが銀蛇組か」

「左様」

言うや、夢幻斎がずいっと前へ出て、

「死んだのが白縫、おまえは浅茅であろう。こっちには何もかもわかっているのだよ。おれたちのただひとつの抜かりはここを嗅ぎつけられたことだな。われらが上屋敷より密書を奪い、その後家老の徳大寺に投げ文をした時、おまえが後をつけたのだ。されど確証は得られなかったがゆえ、今宵の偵察と相なった。それが命取りになるとは思いもよらなかったであろう。おまえも白縫の後を追うがよいぞ」

悪魔的な笑みを浮かべてほざいた。

一斉に戦陣が布《し》かれ、白刃の林が並んだ。男たちの数は二十人以上だ。

浅茅は唇嚙みしめ、小太刀を構えてじりっと後退した。それは逃げを打つのではなく、確かな間合いを取り、戦闘態勢に入ったのである。

二人の男が怒号し、斬りつけてきた。

「とおっ」

浅茅が裂帛《れっぱく》の気合を発し、身を沈めて小太刀を閃かせ、一人を袈裟《けさ》斬りにし、もう一人の横胴を払った。手練《しゅれん》の早業である。

血しぶきが筵に飛び散り、戦列が乱れた。

小太刀を脇構えから八双《はっそう》に持ってゆき、浅茅が果敢に攻撃に出た。繰り出される白刃を次々に弾き返し、夢幻斎へ向かって一直線に突進した。

夢幻斎がその気魄《きはく》にたじろぎ、後退する。

と――。

浅茅の背後に忍び寄った男が、刺突《しとつ》せんと長脇差を突き立てた。だが男の口から「があっ」と絶叫が上がった。

暗闇から伸びた大刀が、男の心の臓を後ろから刺し貫いたのだ。思わぬ伏兵にどよめきが起こり、男たちは敵を見定めんとする。

浅茅も何が起こったのか最初はわからず、背後に目を走らせた。

暗がりから怖ろしげな雰囲気を漂わせ、風祭千之介が現れた。血刀をぶら下げている。

浅茅は千之介を見て困惑した。見知らぬ男に助けられるいわれはなかった。

夢幻斎の方も混乱していた。千之介の身装《みなり》は矢鱈縞《やたらじま》の着流しに羽織姿だから、黒羽藩の藩士には見えず、伊達《だて》や酔狂でこの場へ現れたとしか思えない。しかし単なる物好きが、こんな危険な命のどたん場へ来るものか。

双方の思惑など意に介さず、千之介は無言で浅茅を庇《かば》い立った。大刀を正眼に構えて男たちを睥睨《へいげい》する。

「こ奴もろとも斬れ」

夢幻斎の下知《げち》が飛んだ。

襲撃が開始された。

千之介が勇猛に踏み出し、大刀を唸らせてたちどころに三人を斬り伏せた。

と思いきや、千之介は浅茅の手を引き、筵を蹴りのけて表へとび出し、脱走した。

肉迫する二人に向き直って片腕で白刃を一閃、二閃させ、血達磨《ちだるま》にしてさらに逃走する。

浅茅は千之介の手をふりほどき、何も言わずにしたがった。

七

一つ目橋《ひとめばし》の河岸を下って行くと、一艘《いっそう》の屋根船が待っていた。

棹《さお》を握っているのは頰被《ほおかむ》りの次郎吉だ。

千之介が浅茅をうながして船に乗り込むなり、次郎吉はすぐに棹を操って動きだした。橋の上に何人かの追手の姿はあったが、それ以上は追ってこない。

船はぐんぐん遠ざかって行く。

影絵丸と蟬丸は口惜しい顔で船を見送り、

「何人やられた」

影絵丸が問うと、蟬丸は指折り数え、

「七、八人てとこか」

舌打ちしながら言った。

「ちと痛手だな」

「やむを得まい。腕が及ばなかったのだ。それよりあの侍は何者だ」

「誰も知らん。浅茅も驚いていたようだ。飛び入りの珍客ではないのか。いずれ正体はわかるだろう」

「倍にして返さねば気が済まんぞ」

「わかっている」

影絵丸が合図するや、男の一人が承知し、河岸沿いにどこまでも船を追って行った。

その卓越した足捌きは、とても常人のものではなかった。


流れる屋根船の室内で、千之介と浅茅は向き合っていた。

火鉢《ひばち》の炭火が赤々と燃えている。

それまで押し黙っていた浅茅がぎこちない間を破り、硬い表情ながら、

「まずはお礼を申さねばなりませぬ。お助け頂き、有難う存じました」

深々と辞儀をした。

挨拶など返さず、千之介はぶっきら棒に言う。

「当方にわかっているのはそこ元は黒羽藩の別式女であり、今の奴らに密書を奪われたらしきこと、そこまでだ。いや、それだけではないな。江戸家老徳大寺頼母殿とやらが責めを負って腹を召された」

「なんと」

浅茅が驚愕《きょうがく》の声を発し、同時に油断ならぬ視線を千之介に投げて、

「お手前様は何者でござりまするか」

「風祭千之介、本家は目付だが気ままなおれは家を継がず、野に下って野放図に生きている」

事のついでに、千之介は浅草並木町つばめ床の住まいを伝えておく。

「その御方《おかた》が何ゆえ……」

がたっと船が停まり、障子を開けて頬被りを取った次郎吉が顔を出した。

「この面《つら》に見覚えはござんせんかい」

次郎吉をまじまじと見ていた浅茅が、思い出してはっとなり、

「その方はあの時の盗賊ではないか」

「さいで。おめえさんに斬られた腕、まだ疼《うず》きやすぜ」

浅茅は千之介に向き直ると、

「遅ればせながら、わたくしは浅茅と申します。風祭殿、わかるように説明して下さりませ」

「この男の正体は、今や満天下を騒がせしねずみ小僧なのだ」

「ええっ」

「それがどういうわけかおれと気が合うてな、ねずみ殿とは親しくさせて貰っている」

千之介は皮肉な口調で言う。

「うへっ、旦那、そういう言い方されると背中がむず痒《がゆ》くなりやすぜ。お嬢さん、本当のところ、あっしぁこの旦那に顎《あご》でこき使われてる家来みてえなもんでして」

別式女を鬼女だ妖怪だと言っていた次郎吉だったが、言葉を交わすうちにそうでもないと思うようになったらしい。

「もうよい、次郎吉、船を出せ」

「へい」

次郎吉が引っ込み、再び船が動きだした。

「この件はねずみが運んできた。そこでおれも介入することにし、上屋敷を見張っていたらそこ元ら二人が出て来た。回向院まで尾行して来て、今の兇事に遭遇した。しかし一件はあながちおれに無関係でもないのだ」

「と申されまするとと？」

「銀蛇組だ。奴らは六、七年前より悪さをしていて、おれの亡き父上が追っていたが捕まえることができなかった。だから親父の意趣返《いしゅがえ》しをするつもりになっている」

「あ奴らの正体もご存知なのですか」

「元は偸組と称する加賀藩お抱えの忍びであった。その末裔《まつえい》どもだ。幾星霜《いくせいそう》を経て、泰平の世では飯が食えぬゆえ強盗になり下がったものであろう」

浅茅が得心して、

「それで合点が参りました」

「密書の内容を聞かせろ」

「そ、それは……」

浅茅が言い淀む。

「たった今出会ったばかりのおれなど信用できぬか」

「時を下さりませ」

「時はいたずらに過ぎるものだ。お家《いえ》の大事ではないのか」

「はい、でも今暫く……まだ同輩の死からも立ち直っておりませぬ」

「無理もないな」

「白縫殿とは国表で姉妹のようにして育った仲でした。それがこんなことに……無念でなりませぬ」

浅茅は泪《なみだ》を禁じ得ない。

「おれが味方する。銀蛇組を一人残らず仕留めようぞ」

浅茅が千之介に顔を上げ、決意の目でうなずくと、

「風祭殿、これよりわたくしに同道を願い、藩邸へお出で頂けませぬか。家老の益子官太夫にお引き合わせ致しとう存じます」

千之介は承知してうなずくと、

「ねずみ、船を廻せ。藩邸へ参るぞ」

千之介の命令に、次郎吉が慇懃《いんぎん》に返事をした。

「へい、仰せの通りに」

もうぶつくさと文句を言うのは諦めたようだ。

八

黒羽藩上屋敷の書院にて、千之介は江戸家老益子官太夫と初見した。

下座に浅茅が控えている。

二人が相対するその前に、千之介を別室に待たせておき、浅茅は益子にまずは白縫の死を知らせ、その夜の出来事をすべて語った。そして千之介の素性や銀蛇組との因縁《いん》《ねん》を伝え、彼の助けがなかったら自分も白縫とおなじ運命であったろうことを話した。

だがねずみ小僧が絡んでいたことは、浅茅の判断で伏せた。こたび、次郎吉は千之介の手下として働いており、大泥棒の存在を益子に伝えることは、無用の混乱を招くと思ったのだ。

夜も更け、深い静寂《しじま》が辺りを包んでいた。

「いや、なんともその、何から話してよいのやら……」

口籠《くちご》もる益子の言葉を遮《さえぎ》り、千之介が言った。

「密書の内容についてお話し頂けませぬか、益子殿」

「そのことでござるか」

益子が表情を引き締める。

「それがわからずば、事の全容が見えませぬな」

「如何《いか》にも、その通りにござる」

益子が千之介の言葉にうながされ、腹を決めて語りだした。

当代十二代大関《おおぜき》伊予守《いよのかみ》増儀《ますのり》十四歳が、藩主に就任したのは去年の文政七年（一八二四）のことだが、その前年に秘めた家督争いがあった。

増儀の父増陽《ますはる》には増康《ますやす》という弟がおり、この増康にも増儀と同年齢の長子がいた。名を増俊《ますとし》といい、十二歳の少年とは思えぬ野望の持ち主で、おのれが藩主の座に就きたいがため、増儀へ向かって次々に邪な謀《はかりごと》をめぐらせた。父増康も表立つことこそしなかったが、ひそかにわが子の藩主就任を願っていたような節が窺えた。

子供らしく遊んでいながら、増俊は増儀を連れ出し、亡き者にせんと崖から突き落としたり、毒饅頭《どくまんじゆう》を食らわせたこともあった。いずれも不審を持たれぬよう、常に不慮《りよ》の事故を装っていた。しかし増儀は九死に一生を得て生き延び、着々と藩主の道を歩んでいた。大関家は御家《おいえ》の事情が複雑で、文化《ぶんか》年間に他家から黒羽に入った十一代増業《ますなり》は藩政改革に失敗し、退く覚悟をつけ、増儀に藩主継承を命じていた。だから増陽の弟増康などの意見が入る余地はなかったのだ。

ここに増儀の側近で、山中象二郎《やまなかしようじろう》と平田《ひらた》求馬《きゆうま》という忠臣がいて、増俊の邪悪を知ってどんな時も増儀を護《まも》り、増俊を退けていた。

ある時、国表の庭園で増俊は増儀に剣術の試合を申し入れた。二人とも少年ながらも、剣の道には稽古《けいこ》を重ねて励んでいた。だが増俊の胸には殺意が膨《ふく》れ上がっていたのだ。

この試合で増儀は増俊を木剣で打ち負かした。増儀はその場を立ち去り、痛みに苦しむ増俊が残った。山中と平田は増俊を助けると見せかけ、人目のない別の場所へ運び、さらに木剣で増俊を殴打して撲殺《ぼくさつ》した。

それは増俊の邪悪に終止符を打たんがためで、覚悟の上での行為だったから、二人は国家老西尾出雲《いずも》に事の顚末《てんまつ》を語った末、共に自害して果てた。

しかし実は西尾は増康寄りの男であり、二人の証言を密書に認《したた》め、保存しておいた。増儀が増俊を謀殺したと捏造《ねつぞう》し、この後、一旦緩急《かんきゅう》あらばとの腹づもりだったようだ。

ところがその数日後に、西尾は落馬して頓死《とんし》してしまったのだ。葬儀の後に密書が出てきて、当時国家老だった徳大寺頼母が預かることになった。益子もまた、その頃同格の国家老を務めていた。

やがて二人は共に江戸家老に着任したが、それから間もなくして銀蛇組の手によって密書は盗まれたのである。

たから捨てるに捨てられなかったのか。

焼却《しょうきゃく》すれば済むものを徳大寺はなぜ密書を所持していたのか、律儀で朴訥《ぼくとつ》な男だったから捨てるに捨てられなかったのか。

益子はどうして密書を持っていたのかと徳大寺を責めたが、後の祭りだった。密書さえなければこんな災いは降りかからなかったのだ。しかしそれもこれも、徳大寺が死去した今となっては永遠の謎なのである。

銀蛇組は勝手に『西尾密書』と名づけ、脅し文を送ってきた。

洗い浚い語りおえると、益子は千之介に苦渋《くじゅう》の表情を見せ、

「かくなる次第と相なり、もはや当家は……事が公にならば家督争いは御法度《ごはっと》ゆえ、黒羽藩お取り潰しは必定じゃ。それがしごときが腹を切って済むことなら、いかようにも。したが……」

言葉を詰まらせた。

長い沈黙の末、千之介がぼそりと言った。

「国家老西尾出雲殿は真《まこと》、落馬でござったのか」

益子はぴくりと眉を動かし、

「落馬の時に居合わせたわけではないが、わしはその伝聞を疑ってはおらぬ」

「……」

「ご不審でもおありか」

「西尾密書の存在を知っている者は」

「家中でもごく限られた者しか。わしと徳大寺と、後は二、三の重職のみじゃ。殿とてご存知ではない」

「なぜ外部の銀蛇組が密書のことを知り得たのか」

「それは……」

益子が言葉に詰まった。

浅茅が初めて口を切り、

「風祭殿は家中に内通者がいるとでもお考えですか」

その問いには答えず、千之介は空間に視線を投げた。

九

千之介と次郎吉が向き合い、昼飯の茶漬を食べていた。

おちかがお膳立てしたもので、翌日のつばめ床、千之介の居室である。

「有明座へ行ってみやしたらね、小屋の連中は一人もいなくなって、すっからかんの空家んなっておりやしたぜ」

次郎吉の報告に、千之介は何も言わない。

「そいでもって暫くしたら、黒羽藩のおさむれえ方が小者たちを連れて来て、大八車に別式女の仏さんを乗せてけえってきやしたよ」

「男どもの死骸はどうした」

「いえ、そんなものはひとつも。あったのは別式女のねえさんだけで」

「銀蛇組は仲間の死骸をどこへやった。越中島《えつちゆうじま》へでも捨ててきたか」

「どっかに心を置き去りにしてきたような連中でござんしょ。猪《いのしし》みてえにひたすら前を向いて突っ走るだけなんじゃねえんですか。後ろをふり向かねえんですよ、きっと。ですから息をしなくなったら、仲間だろうがなんだろうが用なしってわけで」

「おれならおまえの骨は拾ってやるぞ」

「ぶるっ、縁起でもねえことを」

そこへ裏土間からおちかが入って来た。何やら浮かない顔をしている。

「ねえ、おまえさん」

千之介がおちかを見た。

「表に知らないお武家の女の人がおまえさんを訪ねて来て、取り次いでくれないかと。浅茅様と名乗ってるんですけど」

「すぐにここへ通せ」

「いえ、あの、でもねえ……」

おちかは煮え切らない。

「どうした」

「とてもきれいな人なんですよ」

「だからなんだ」

「どこでお知り合いになったんですか。あたし、なんにも聞かされてませんので」

「おまえに言えぬ事情があるのだ」

「えっ、どんな」

「今は何も聞くな」

「そんなことってあるんですか、このあたしに言えない事情っての、是非《ぜひ》とも聞かせて下さいましな」

おちかの感情が昂《たかぶ》ってきた。むらむらと悋気《りんき》に燃えている。

「次郎吉、呼んで来い」

「へ、へえ、ですが……」

次郎吉は二人の間に立ち、箸《はし》をくわえておたついている。

「ねずさん、どっちの味方なの」

「いや、そんなこと言われても。弱っちまったなあ、なんて今日は間が悪いんだ。と、ともかく女将さん、浅茅様は旦那の客人なんですからお呼びしねえわけには」

「ねずさんは知ってるのかえ、あの人」

「へえ、まあ、知ってるような知らねえような。いやいや、どっちかってえと知らねえ方かなあ」

答弁に四苦八苦する次郎吉を、千之介が咎《とが》めて、

「何をしている、次郎吉」

「へい」

次郎吉がすっ飛んでとび出して行った。

「ねっ、おまえさん、水臭いじゃありませんか。外で何があったか知りませんけどあたしにひと言ぐらいは。それにゆんべだって随分とお帰りが遅かったですよね。どこで何をしてたんですよう、まさかあたしに言えないようなことでも？　ねえ、おまえさんったら」

おちかが千之介にすり寄り、膝を揺さぶった。みっともない真似はしたくないが、女の感情は塞《せ》き止められない。

千之介は邪険《じゃけん》にそれをふり払い、

「おまえは店へ行っていろ」

「おまえさん」

次郎吉が浅茅を伴って入って来た。

今日も浅茅は質素な小袖姿だ。

「旦那、お連れしやしたぜ」

「浅茅殿と二人だけにしてくれ」

千之介の言葉を、おちかは誤解して、

「二人だけで何を語り合うってんですか、おまえさん」

「おちか、いい加減にせぬか」

「女将さん、あっしが向こうでご説明を」

次郎吉がおちかを誘う。

おちかはきりりと浅茅を見て立ち、

「そ、それじゃ浅茅様とやら、ごゆっくりどうぞ」

「率爾《そつじ》ながら、失礼を致します」

浅茅がおちかに頭を下げ、上がって千之介の前に座った。

その浅茅を睨みながら、おちかは次郎吉を八つ当たりに小突いて出て行った。

すると浅茅は切羽詰《せっぱつ》まった表情を向け、

「先ほど上屋敷にこのようなものが。ご家老が風祭殿にお見せするようにとの仰せです」

矢文を袂から取り出し、千之介に差し出した。以前の皺くちゃのそれも添えて出す。

千之介が二通の文を開く。

どちらもおなじ筆跡だ。

『西尾密書の代金千両申し渡し候《そうろう》。明暮れ六つ（午後六時）、和泉橋《いずみばし》に停まりし舟に金箱を置け。密書と交換致し候』

千之介は目を上げ、

「金は調達できるのか」

「只今ご家老が奔走しております。本石町《ほんこくちょう》に当家御用達《ごようたし》の米穀商《べいこくしょう》相模屋《さがみや》なる者がござり、ご家老はそこに頼むと申しておりました。されど……」

「なんとした」

「すでに相模屋には五千両もの累積の借財がございまして、うまくいきますかどうか」

「しかし脅しでもなんでもして、千両は調達せねばなるまい」

「承知しております」

浅茅が帰って少し経ち、おちかがまた入って来た。

千之介が見迎える。

「おまえさん、あのう、そのう……」

おちかは畳に人指し指で『の』の字を書いていたが、三つ指を突いて、

「さっきはご免なさい」

千之介は何も言わない。

「ねずさんからあらまし聞きました。これは亡きお父君のご遺志を継いだお捕物だったんですね。それで今の方のお家にご助力を」

「わかってくれたか」

「あたしが浅はかでした。気を廻し過ぎちまって、馬鹿な女ですよねえ」

千之介がふっとうす笑いを浮かべたので、おちかは眉を吊り上げた。

「何がおかしいんですか」

「おれがほかの女に気を移したらどうする」

「えっ」

「男だからあり得ることだ」

おちかは迷わず答える。

「死にます」

「そうか」

それだけ言って、千之介は背を向けて小机に向かった。

おちかは拍子抜けし、腹も立ってきて、

「そ、そうかって、それだけですか。ちょいとおまえさん、あたしゃ死ぬって言ったんですよ」

千之介は暖簾《のれん》に腕押し、糠《ぬか》に釘《くぎ》だ。

「んもっ」

悔しくなって、おちかは袖を嚙んだ。

十

和泉橋の外神田側は向柳原《むこうやなぎわら》、内神田側は長大な柳原土手《どて》になっていて、その間を神田川が滔々《とうとう》と流れている。

向柳原は繁華な町屋で、江戸前の鰻蒲焼春木屋《うなぎかばやきはるきや》、菓子屋の三河屋《みかわや》の二店が名高く、他にも銘茶屋《めいちゃや》、呉服太物《ごふくふともの》、生薬屋《きぐすりや》なども並び、昼の内は人を呼んでいる。

だが日が暮れると界隈《かいわい》はたちまち闇に閉ざされ、寂しくなるのである。

益子官太夫が藩邸の猛者《もさ》の若侍二十人余を引き連れ、向柳原に着到したのは七つ（午後四時）頃で、もうその時から橋の下に一艘の無人の平舟が停まっていた。

舟は縄で杭《くい》につなぎ止められ、棹だけが横たわっている。

どこに銀蛇組の目があるか知れないから、近づいて舟を調べることはできない。だが恐らく、時がきたらその舟に金箱を積めということなのだ。

暮れ六つを待って、益子と猛者たちは和泉橋を中心に四方に散らばり、茂みに隠れて舟の周辺から目を離さないようにしていた。

寒風吹き荒《すさ》び、辺りがしだいに暗くなってきて、時刻はそろそろ七つ半（午後五時）を過ぎる頃かと思われた。

その間、小者数人が竹皮包みの握り飯と、竹筒に入った茶を配って廻った。一同が黙々と飯を貪り食う。戦陣にいる兵のようだ。

暗紫色の上空を、塒《ねぐら》へ帰る鴉《からす》の群れが隊列をなして飛んで行った。

その群れを、一方の茂みに身を潜めた千之介と浅茅が見るとはなしに見ていた。

「落馬の件、わたくしなりに調べてみたのです」

浅茅が不意に言いだした。

千之介は浅茅を見る。

「あ、いえ、風祭殿がご不審を抱いたのかと思いまして」

「確かに疑わしいとは思ったぞ」

「国表の出来事ですが、その件を知っている人が藩邸にもおりましたの。国家老西尾出雲様は乗馬の達人だったそうです。槍術と馬術の御前試合にも勝ち抜くほどのお腕前だったとか」

「では落馬による死は謀殺臭いな」

浅茅が確とうなずき、

「誰の仕業か、今となってはわかりようがありませぬが」

「いろいろ考えられるのではないか。藩主の叔父上が絡んでいるのかも知れん」

「増康様は二年前にご病死なされました。もはや死人に口なしなのです」

千之介は無言ののち、

「どんなお人柄であった、徳大寺殿は」

「剛毅《ごうき》木訥《ぼくとつ》で、まっすぐなご気性でした」

「益子家老とはどうだ」

浅茅は千之介を見る。

「二人の仲だ」

「益子様は徳大寺様とは竹馬の友と申しておりましたが、それは幼少の砌《みぎり》のお話ではないかと。今もお二人の仲が本当によろしかったかどうか、些《いささ》か……」

「どういうことだ」

「藩邸で何度か言い争っているのを見たことがございます」

「争点は」

「いえ、わたくしには」

「益子殿の方はどんな御方だ。おれの見た限りでは、温厚篤実《おんこうとくじつ》な人柄と見受けられたが」

「その通りにございます。家中での人望が厚く、家老職を務むるにどなたのご異存もないような立派なお人柄です。ところが……」

「なんだ」

「実はその昔、妙な噂の流れたことがございます」

「申してみよ」

「すでに益子様が話されましたが、増儀様のおんためにならぬ増俊様を、撲殺した二人の近習役《きんじゅうやく》の件にございます。今でも忠臣としてその名を家中に残しております。山中象二郎殿と平田求馬殿です」

「その二人にまつわることなのか」

「妙な噂とは、山中殿が益子様の隠し子ではないかということでした」

千之介は押し黙る。

「山中殿の母君と益子様が不義密通《ふぎみっつう》を犯し、生まれたのが象二郎殿だと、誠しやかに囁かれたことがございました。それを裏付ける何よりの証左として、益子様は山中殿、平田殿の助命嘆願に奔走《ほんそう》した事実がございます。平田殿の助命はともかくとして、益子様が本当に助けたかったのは山中殿の方では」

「それが聞き入れられず、両名は割腹したのだな」

浅茅がうなずき、

「益子様と象二郎殿が真の父子であったとするなら、当時の益子様の心中はいかばかりかと」

「つまり益子殿は御家を怨んでいる」

浅茅が目を慌てさせ、

「そ、それはわたくしの口からは」

「……」


その時、暮れ六つの鐘が陰々滅々《いんいんめつめつ》とした響きで聞こえてきた。

周辺にいた誰の面上にも緊張が走った。

鐘の音を合図に、猛者の一人が金箱を抱えて立ち上がり、和泉橋へ向かった。大勢の視線が向けられている。

猛者は橋の下へ降り、平舟に金箱を積み込み、辺りを見廻していたが、やがて元の茂みの方へ駆け戻って行った。

全員が舟を見守りつづける。

と――。

どこからか風を切って小柄《こづか》が飛来し、舟を杭につないだ縄がぶっち切られた。舟がぐらっと揺れ、金箱を積んだまま動きだした。一同が騒然となって身を起こし、茂みからとび出して舟を追った。

すると水中から黒い影が姿を現し、腹這いで舟に乗り込むや、棹を操って漕《こ》ぎだした。

舟に近づいた猛者二人が棹で殴打され、川に落ちて水しぶきを上げた。影の正体は影絵丸である。

その光景を見守っていた千之介が一方の闇へ向かい、鋭く合図した。

黒ずくめの次郎吉が現れ、千之介へうなずいて土手沿いに舟を追って行った。

「風祭殿」

益子の呼ぶ声がした。

千之介と浅茅が見交わし、益子のいる所へ駆け寄って行く。

益子は一冊の古びた帳面を手にしていた。それが西尾密書だ。

「これがたった今、闇の彼方《かなた》から投げつけられてきた」

「それを」

千之介が密書を取ろうと手を伸ばすと、その目の前で益子は密書を荒々しい動作で引き裂いた。

「ええい、忌々《いまいま》しいぞ。こんなものがあるから当家に災いが降りかかるのじゃ」

「待たれい」

千之介が言っても聞かず、益子はさらに密書を細かく引き千切り、粉々にして夜空にばら撒いた。

浅茅は茫然と益子の様子を見ている。

「千両は取られた。戻らぬ。責めはひとえにこのわしにある」

言い捨て、益子は踵《きびす》を返した。

猛者の何人かが益子にしたがい、残る何人かは土手沿いに舟を追っていたが、やがて力尽きて断念した。

「風祭殿」

浅茅が疑惑に満ちた目で千之介を見た。月光にその貌が青白く冴えて見える。

「手は打ってある」

ぼそっと言い残し、千之介はいずこへか姿を消した。

次郎吉は舟をどこまでも追って行ったが、千之介抱えの伏兵はもう一人いたのである。それは百太郎だ。

どんな事態にも備えるように千之介に言われ、百太郎は柳原土手の茂みに身を潜めていたのだが、益子が密書を引き裂いて川へ投げ捨てるのを見て、すばやい行動に出た。

川へ向かって身を屈めて走り、密書の紙片を拾える限り掻き集めだしたのだ。

冷たい川水に半身を入れ、凍《い》てつく寒さに身を震わせながら、百太郎はかなりの数の紙片を収集できたのである。

（畜生、兄さんの奴、こんな仕事ばっかりやらせやがって）

ぼやくそばから鼻がむずむずしてきて、

「へっくしょん」

あまりの寒さに百太郎がくしゃみをした。

十一

新《あたら》シ橋《ばし》を過ぎたところで、影絵丸は舟を停めて着岸し、金箱を抱えて降り立った。

河岸では町人体の夢幻斎が待っていた。

「ご苦労」

夢幻斎が声を掛けると、影絵丸はにやっとうなずき、

「首尾は上々、みんな筋書通りにいったぜ、お頭」

「そのようだな」

さらにそこへ、黒っぽい身装の蟬丸も影絵丸の後から駆けつけて来た。

「密書をご家老の手に渡しときましたよ」

蟬丸が言うと、夢幻斎が「それでよい」と低い声で答えてうなずいた。

三人で河岸を歩いて行くと、出羽鶴岡藩《でわつるおかはん》の藩邸が見えてきた。七千坪弱の大屋敷だ。

次郎吉は闇に紛れて三人をつけて来たが、みるみる警戒の色になった。

三人が不意に歩を止め、揃ってこっちへ向き直ったのだ。

「おまえは次郎吉とやら申す小僧だな」

　夢幻斎が言い、次郎吉は思わず逃げ腰になって、

「なんでおいらの名めえを知ってるんだ」

　返事の代りに影絵丸と蟬丸がふところの匕首を抜き放ち、次郎吉に向かって鋭く斬りつけて来た。

「危ねえ」

　次郎吉が右に左に躱《かわ》し、とんぼを切って逃げまくり、藩邸の海鼠塀に飛び上がった。

　そこから腕まくりをし、居丈高《いたけだか》になって、

「やい、うす気味の悪い野郎ども、てめえらその金をどうするつもりだ。汚ねえ手立てで大金をぶん取りやがって。やってるこたあ強盗と変わりねえじゃねえか。ご先祖様が泣いてるぞ。恥ずかしくねえのかい、こん畜生めえ」

　威勢よくほざくそばから、夢幻斎の姿が消えていることに気づいた。影絵丸と蟬丸が笑っている。

「あれ、もう一人は……」

「おれならここにいる」

すぐ横で夢幻斎の声がし、次郎吉はぎょっとなって見やった。

いつの間にか夢幻斎も塀の上に飛び、次郎吉のすぐ近くに立っていたのだ。

「うっ」

仰天《ぎようてん》した次郎吉が尻込みする。

「おまえたちのことはすべて調べ上げてあるのだ。おまえの正体は知らぬが、浅草並木町のつばめ床、女将はおちかでそこに居候《いそうろう》しているのが風祭千之介だ。あの晩、一つ目橋からつけて突きとめた。いつでも夜討ちをかけてやろうぞ」

「くわっ、知られちまったのかよ」

「目障《めざわ》りだ、死ぬがよい」

夢幻斎が匕首を閃かせた。

それより早く次郎吉は宙返りして飛び、邸内の庭に着地するや、そこで思わぬ行動に出た。

「曲者《くせもの》だ、曲者だ、おのおの方お出合いめされい」

歌舞伎調《かぶきちよう》の声色《こわいろ》を使って騒ぎ立てたのだ。

邸内のそこかしこから、血相変えた藩士たちがとび出して来た。

その時には次郎吉は、すばやく木陰に身を隠していた。

藩士たちは塀に立った夢幻斎を見て、

「おのれ、何奴」

藩士の一人が叫ぶや、「くそっ」と舌打ちして夢幻斎が塀の外へ飛んだ。そして影絵丸と蟬丸をうながし、逃げ去った。

すると塀の木戸を開けて次郎吉が現れ、消え去る三人をさらに追って行った。

(舐めるなよ、このおれ様を)

次郎吉は執念深いのである。

十二

柳橋《やなぎばし》の裏通りに町道場があり、かつては老剣士が一刀流《いっとうりゅう》の剣術を教えていたが、一年ほど前に他界し、今は空家になっていた。

ところが売りに出しても造りが道場だから買い手がつかず、そのまま荒れ放題にされている。

夢幻斎はそこを住処とし、仲間と共に拠点としていたのだ。

その夜も更けて、夢幻斎、影絵丸、蟬丸と五、六人が道場で金箱を囲んでいた。

大金を前にして、全員が昂った表情になっている。

「影絵丸よ、開けてみよ」

夢幻斎に言われ、影絵丸は金箱の蓋《ふた》を匕首でこじ開けながら、

「お頭、こういうのってよくあるよなあ、開けてみると大抵石ころだったりするんだ」

「それはない。これはわれらの報酬《ほうしゅう》なのだ。それに千両を調達するところも、この目で見て確かめている」

影絵丸が「よっしゃ」と言って蓋を開けると、なかには小判がぎっしり詰まっていた。

「ひゃっ、金ぴかの山吹色《やまぶきいろ》だ。こいつぁたまらねえ」

狂喜する影絵丸の顔が、次にはびくっとひきつった。

戸口に千之介が立っていたのだ。

夢幻斎たちもそれに気づき、殺気立って立ち上がった。

手下の一人が杉戸を開け、そこから何振りもの大刀を取り出して次々に手渡していく。

夢幻斎も大刀を受け取り、

「おのれ、またもや貴様か」

「おれの素性を知っているようだな」

千之介が一味を睥睨して言い、

「夜討ちをかけられる前にこちらから出向いてやったぞ」

夢幻斎が勢いよく抜刀し、刀を構えて、

「目付の倅《せがれ》か何か知らぬが、貴様も物好きな男だな。こんなことに首を突っ込んでなんの得がある。世間には暴いてはならぬ事情というものがあるのだぞ」

「それがどんな事情か、おれは知りたくなるやとことんやる性分なのだ。こたび、偸組は誰に身売りをした」

「黙れ」

夢幻斎が一味にうながし、一斉に白刃の林が並び、十重《とえ》二十重《はたえ》に千之介を取り囲んだ。

一触即発の不穏な空気がみなぎる。

すると千之介は刀を抜きやや腰を落として下段の構えを取り、睨み廻した。言いようのない不気味な殺気がみなぎる。

それは身を捨てたように見えるが、一分の隙もなく、敵は打ち込むことができない。打ち込めば、千之介の剣は下から走って顎から真っ二つにされるに違いない。

極限に立たされた男たちの、呻くような声が口々に漏れた。

彼らとて手練《てだれ》だから、先の先を考えると、斬り裂かれ、血を噴くおのれの姿が見えるからだ。

異様な重い空気が漂った。

「どうした、臆《おく》したのか」

挑発する千之介の声が静かに響いた。

男たちは押し黙り、一言も発しない。黙したままで敗北感を噛みしめている。

千之介は下段のまま、みじんも動かない。

やおら夢幻斎が唸り声を上げ、観念して刀を放り投げた。それにつられたように、影絵丸、蟬丸以下が次々に刀を投げた。床に抜き身が並ぶ。

夢幻斎は愕然《がくぜん》と膝を突き、その場に正座して頭《こうべ》を垂れた。影絵丸たちもそれに倣《なら》い、座り込む。

「お見それ致した。ご貴殿にはとても太刀打ちでき申さぬ」

夢幻斎が言葉を改め、影絵丸たちも暗黙で同意を示した。

それで千之介も刀を納め、殺気を消して一同を見廻し、

「柳生新陰流において、十文字《じゅうもんじ》勝《が》ちが極意中の極意だが、多勢の場合はそうもゆかぬな」

柳生新陰流では一対一で対峙《たいじ》した場合、刀を大上段にふり被り、頭上からまっすぐ降り下ろす技を極意としている。それを『十文字勝ち』と称している。

しかしそれでは一人は斃《たお》せても、多勢に負けてしまう。そこで千之介は下段の構えを取り、多勢に対応できるように束《つか》の間《ま》で必殺技を考えたのだ。

千之介は夢幻斎の前にどっかと座ると、

「聞かせて貰おうか、何もかもな」

夢幻斎がうなずき、覚悟の目を閉じた。

十三

丑《うし》三つ刻（午前三時）になるも、益子官太夫は眠れぬままに寝巻姿で独り酒を飲んでいた。

この世のすべての生き物が、死に絶えたかのような静寂が支配している。

黒羽藩上屋敷、家老の居室である。

「くくっ……」

益子の顔が苦しいように歪み、ひそやかに嗚咽《おえつ》が漏れ出た。肩を震わせて咽《しの》び泣く。

「伜殿を偲《しの》んでの泪でござるか」

隣室から千之介の声がした。

益子ははっと顔を上げ、泪を拭って立ち上がり、襖《ふすま》を開けた。

千之介が立っていた。その横に銀蛇組が持ち去ったはずの金箱が置いてある。

「風祭殿……」

益子が衝撃の目になり、そこで何かを悟ったのか、暗然となって座り込んだ。顔を伏せてうなだれる。

「増俊殿を撲殺せし山中象二郎は、ご家老の倅殿なのですな」

「……」

「お答え下されよ」

益子が顔を上げげた。

「左様、象二郎は不義の子でござった。それで十分であろう。昔のそのことについて、もはや多くを語りたくはない」

「左様か」

言って、千之介は言葉を継ぎ、

「象二郎殿の助命を願うも聞き届けられなかった」

「藩政とはそういうものだそうな。増俊殿は死んで当然の若君であった。その悪しき芽を摘んだ象二郎は忠臣なのだ。家中でもひそかに賞賛の声が挙がったが、真の声はともかくとして、こればかりは不問に付すわけには参らぬと重職らに押し切られた。不義の子ゆえにわしもそれ以上は……象二郎が不憫《ふびん》でならなんだ」

益子が膝に置いた拳を震わせた。

「象二郎殿も覚悟はしていたようだ。平田求馬と共に国家老西尾殿に事の顚末《てんまつ》を洗い浚い語った上で、死に臨《のぞ》んだ」

千之介の言葉に、益子はうなずき、

「西尾出雲は増俊殿のお味方であった。象二郎たちは愚かにもそのことを知らずに……出雲は顚末を文書にして書き留め、両名の書判《かきはん》を取り、さらにその上で、それが増儀様の命によるものと捏造して後々のことに備えたのだ」

「それを奪い返そうとしたのですな」

「象二郎の汚名が表沙汰になることはなんとしてでも防ぎたかった。だが出雲は頑《がん》として渡さなかった。そこでわしは策略をめぐらせ、登城の出雲を待ち伏せ、馬めがけて小柄を放った。驚いた馬が駆け出し、出雲はふり落とされて落命した。したが文書はどこからも出てこぬ。必死で探すうち、徳大寺頼母が先に見つけてしもうたのじゃ」

「竹馬の友でござろう。徳大寺殿は話をわかってくれなかったのか」

益子が微かに失笑した。

「あれはわしに輪をかけた頑固者なのだ。どんなに説得しても応じなかった。文書の焼却を頼んでも聞き入れるどころか、逆に不肖《ふしょう》の伜として象二郎を非難したのじゃ。この藩邸でも怒鳴り合うようにして奴と言い争った。もはやこれまでと思うたわ」

「そこで銀蛇組に渡りをつけた」

益子がうなずき、

「その通りじゃ。銀蛇組のことはその昔に城中でのひそかな噂話として聞いたことがあった。手蔓《てづる》を求めて探っていると、奴らめはどこからかそれを嗅ぎつけ、わしの前に姿を現して相談に乗ってやると。うろんげな輩とは思うたが渡りに舟であった」

「それで銀蛇組は徳大寺殿の許から密書を奪い、困り果てた徳大寺殿は腹を召された」

「それは予想もせぬことであった。わしとて頼母は失いたくない。二重三重の苦しみにこの胸は張り裂けそうになった」

千之介は益子を見据え、

「益子殿は藩に怨みのお気持ちがござるな」

「わしほどの忠臣はおらぬと自負していた。したがどうだ、藩のためによかれと思うて増俊君を暗殺した象二郎を許してくれなんだ。そのこと、ずっと根に持っていた」

「密書と引き換えの千両は、銀蛇組にくれてやるつもりだった」

「そういう約束じゃ、わしは金などいらん。千両は用立てたが、御用商人はこれより過酷に取り立てるであろう。それがために藩の財政はますます逼迫《ひっぱく》する。こんな人の血の通わぬ藩は崩壊すればよいのじゃ」

「それはちと身勝手ではござらぬか」

「身勝手じゃと？」

「藩がなくなれば何百、何千という人が路頭に迷う。親子は引き裂かれ、兄弟は離散し、乳呑み子まで骨になる」

「……」

「伜殿一人の遺恨《いこんば》晴らしのため、どれだけの犠牲を払わねばならぬのか。ご貴殿ほどの御仁が、しかも家老職にありながら、なぜ家臣の幸せを奪えるのか。篤《とく》とお考え下されよ」

「……」

「それがしが出しゃばり、銀蛇組の主要な者たちはお縄にしましたぞ。ゆえに千両はこうして無事に取り戻せた。白縫殿の仇《かたき》も討てることに」

「か、風祭殿……」

益子がかすれ声を出して、

「今ひとつ聞かせて下され。どこでわしの謀略に気づかれたか」

「和泉橋で文書が戻ってきたと申された。それをご貴殿はそれがしの目の前で引き裂き、破り捨てた。その紙片を集めたら、これこの通り」

千之介がふところから袱紗包みを取り出して開き、益子に見せた。百太郎の拾い集めた紙片が入っている。どれも白紙だ。

「とんだ茶番を演じたのでござろう。本物はいずこに」

「二度と日の目を見ぬようにと焼却した。本当だ、信じてくれ。銀蛇組が頼母から本物を奪い、すぐにわしが手にして処分した。だから頼母は死ぬことはなかったのじゃ」

千之介は無言で立ち上がった。

「風祭殿」

「武士の情けとして申し上げる。出処進退はご自分でお考えめされい」

「……」

千之介が静かに立ち去った。

益子は岩のように凝然と動かないでいる。

十四

数日後の浅草寺の境内《けいだい》を、千之介と浅茅が並んで歩いていた。

奥山の盛り場が近いから人がひっきりなしに行き交い、賑わっている。

だが二人の耳に雑音は入ってこない。

浅茅が静かな声で語りだした。

「昨夜、ご家老は象二郎殿の後を追われました」

「……」

千之介は何も言わない。予期していたことなので驚きはなかった。益子が腹を切った事実が千之介の胸にすとんと落ち、得心する。益子は武士の面目を保ったのだ。

「国表から新しいご家老がやって参ります。それと入れ違いに、わたくしは帰参致すことになりました」

「別式女のお役を解かれたのか」

「縁組がまとまったのでございます」

千之介が浅茅の横顔を見る。

「嫁に行くのか」

「お顔も知らぬ御方です。藩の剣術指南役です。わたくしがもう江戸へ戻ることはございますまい。よき思い出が作れました」

「どんな思い出だ」

「風祭様のことです」

千之介は沈黙する。

「わたくし、ずっと秘めておりましたの。風祭様への思いを」

「……」

「ちか殿はお幸せな方ですね。お羨《うらや》ましく思いまする」

「……」

「どうなされましたか」

「飯でも食ってゆかぬか」

「いいえ、そういうことは致しませぬ。思いは断ったのですから」

「……」

「では、これにて。当家のためのお骨折り、有難う存じました。終生忘れ得ませぬぞ」

浅茅は深々と頭を下げ、ちょっと寂しい目で千之介を見て、それからそんな自分に苦笑し、吹っ切るように去って行った。もう後をふり返らなかった。

憮然《ぶぜん》とした表情で浅茅を見送り、千之介はふところ手で歩きだした。

すると一部始終を露店の陰から覗いていた次郎吉が姿を現し、偶然を装ってひらひらと寄って来た。

「おや、こりゃ旦那じゃござんせんか、こんな所で会うなんて」

千之介はぶっきら棒に、

「邪魔だ、消えろ」

「何かあったんですかい」

「……」

「あの様子だと別式女の姐さん、旦那に別れを告げたみてえな。そう見えやしたけど、そうじゃねえんですかい。聞かせて下せえやしよ」

「諸行無常《しょぎょうむじょう》だ」

「はっ？」

千之介は雑踏に消えて行く。

「何を言ってるんだ、またわけのわからねえことを……」

首を傾げながら次郎吉がその後を追った。

第四話　一座掛《いちざがかり》

一

梅の蕾《つぼみ》がぷっくら膨《ふく》らんでいた。

江戸城表御殿《おもてごてん》の坪庭で、狭い空間に白砂が敷きつめられ、そこに一本だけ大きな梅の木があって毎年花を咲かせている。

登城して来た風祭百太郎は畳廊下で歩を止め、目を細めてそれに見やった。去年よりひそかにその梅を愛《め》でているのだ。

梅は万葉《まんよう》の頃に中国より渡来し、当時は舶来《はくらい》尊重の気風から、文人墨客《ぶんじんぼっかく》の間で大いにもて囃《はや》されたという。

厳寒のなか、おのれを律するかのように孤高に咲く梅を見ていると、自身の生きる姿にも重なるように思いたいのだが――。

（んなわけねえだろ）

ぷっと失笑し、肩衣半袴《かたぎぬはんばかま》の平常着姿の百太郎は目付部屋へ向かった。目付の御用部屋は表御殿の中央に位置している。

そのお役は訴訟《そしょう》、土木、兵事、国防など、幕政一切の監察に任ずるため、京都、大坂、長崎、駿府《すんぷ》などに出張《でば》り、また府内の学問所や普請場《ふしんば》に臨検《りんけん》することもあった。

さらには地震、火災、刃傷沙汰《にんじょうざた》など、城内の非常時は元より、月番老中《つきばんろうじゅう》の登城まで、全指揮権が与えられていた。城外の事件でも検使《けんし》として立ち会うこともあったし、その職掌《しょくしょう》は実に広汎《こうはん》で、御用煩多《はんた》なのである。

目付は機密書類を扱うため、寺社、町、勘定の三奉行でさえも目付部屋の入室を禁じられていて、出入りを許されているのは奥祐筆《おくゆうひつ》と目付配下の徒目付《かち》のみである。二十四帖、お杉戸で、襖絵《ふすまえ》は狩野探幽《かのうたんゆう》による雪柳図だ。

目付の定員は十人で、机も十並んでいて、百太郎はいつも通り自分に与えられた机の前に着座し、山積されている機密書類を片っ端から読み始めた。書類を持ち帰ることは許されず、昨日のつづきに取り掛かる。

こんな姿を亡き母の琴舟が見たら喜ぶだろうなと思いながらも、今の自分に過分な身分を与えてくれた義母登勢、義兄千之介に感謝の気持ちも忘れない。

お数寄屋坊主《すきやぼうず》が姿を現し、戸口で人を探す目で見廻しているから、百太郎もそれに気づいて見廻した。

元は目付部屋に風炉《ふろ》の設備があったが、それも機密保持のために取り除かれ、坊主に茶の世話をさせるようになり、ゆえに彼らも入室を許可されていた。

十人全員がいるわけではなく、今は七人が執務している。

お数寄屋坊主は百太郎のそばに来て、そこで仰々《ぎょうぎょう》しく畏《かしこ》まって伝達した。

「風祭様、岩倉《いわくら》様がお呼びで」

百太郎が緊張した。

「お詰席の方へ参られますようにとの仰《おお》せにござりまする」

上席目付岩倉掃部介《かもんのすけ》刑部《ぎょうぶ》の前に、百太郎が伺候《しこう》した。

目付部屋は別室として八帖の詰席があり、そこは上席目付だけが使えることになっている。

上席目付は二人おり、もう一人は老齢だから、実質的に目付衆を束《たば》ねているのは岩倉ということになる。ゆえにおなじ目付でも、百太郎にとって岩倉は畏《おそ》れ多い存在なのである。

「風祭百太郎、お召しにより参上仕《つかまつ》り」

百太郎が舌を嚙《か》みそうな挨拶《あいさつ》を言いかけると、岩倉の豪放磊落《ごうほうらいらく》な笑いが飛んできた。

百太郎はひたすら恐縮して叩頭《こうとう》する。

他に余人の姿はなく、火鉢《ひばち》の炭火が勢いよく燃えている。

「よいよい、そう堅くなるでない」

岩倉がにこやかな表情で言う。

齢《よわい》三十五で泰然自若《たいぜんじじゃく》とした岩倉は、押しも押されもしない貫禄《かんろく》を具えており、武芸で鍛《きた》えた躰は荒武者のような威圧感がある。また面構えも立派で、揉み上げなどは獅《し》子《し》のそれのように撥《は》ね上がり、真《まこと》の武士とはかくあるべしと思わせ、百太郎なんぞは岩倉の鼻息ひとつで吹っ飛んでしまいそうだ。

岩倉はお役は馴れたのか、この先もやってゆけそうか、同役には逆らってはならんぞなどと、百太郎にやさしい言葉を掛けて励ましてくれる。

それは岩倉が亡くなった風祭十左衛門の薫陶《くんとう》よろしきを得て、目付職に導いてくれた恩があると思っているからだ。風祭家の家督にまつわる事情や、千之介のこともよく知っており、外腹の百太郎に対して、岩倉は後見人《こうけんにん》のような気持ちを持っているのだ。

それがわかっているので、百太郎としては汗顔《かんがん》の至りで、ひとしきりねぎらわれた後、しだいに居心地も悪くなってきて、

「して、御用向きの方は」

恐る恐る尋ねてみた。

岩倉はうなずくと、

「これに目を通しておいてくれ」

一冊の帳面を百太郎に差し出した。

それは評定所《ひょうじょうしょ》の審理《しんり》で扱う機密文書で、表題に『田宮《たみや》登与《とよ》儀調書《ぎしらべがき》』とあるではないか。

その名前に百太郎はぴんときて、

「こ、これは三日ほど前に起きた事件でござりまするな、岩倉様」

一件は百太郎の耳にも入るほどに知れ渡っており、武家社会を震撼《しんかん》させたものだった。

「左様。妻女登与なる者が乱心致し、夫である田宮靫負《ゆきえ》殿を斬殺せし事件だ。さほど難しい件とは思えぬゆえ、恐らく三手掛《みてがかり》で済み、わしが陪席《ばいせき》するほどのことはないと踏んだ」

三手掛とは寺社、町、勘定の三奉行が立ち会いの元、評定所で罪人を裁くものだ。

これが通常で、事件がもっと複雑で背後関係などがあると、三奉行に目付が加わって裁く。これを一座掛《いちざがかり》という。

さらに大掛かりな裁判になると、寺社、町の二奉行に大目付、目付が立ち会うことになり、それは四手掛となる。もっとその上の重要な裁判だと、三奉行に大目付、目付が立ち会う五手掛といわれるものになり、これは史上でも滅多に例がない。

原告、被告が二奉行以上の所轄にまたがる民事訴訟の場合、町人同士なら町奉行、百姓なら勘定奉行だが、原告が町人、被告が百姓でも、評定所に持ち込まれて裁決されることもある。

しかし評定所を裁きの庭とする裁判の多くは、大名家、旗本家を含む武家の犯科《はんか》なのである。

「この件、わたくしに陪席せよとの仰せでございまするか」

百太郎が張り詰めた目で言った。

岩倉は莞爾《かんじ》とした笑みを見せ、

「その方の向後《こうご》のためになると思うた。自分なりに事件をよく吟味《ぎんみ》し、末席に連なって学ぶがよかろう。三奉行方にはわしの方から根廻しをしておく」

「はっ、有難き幸せ。ご厚情痛み入ります」

百太郎が平蜘蛛《ひらぐも》のようにひれ伏した。

二

『田宮登与儀調書』には、こうあった。

三日前の夜中、就寝中の夫田宮靱負三十歳を、妻登与二十五歳が寝所にて襲い、脇差で突き殺した。

靱負は不意を衝《つ》かれたらしく、抵抗も騒ぎもせず、そのまま死亡したという。家人は何も気づかなかったと、翌日に証言している。

明け方になり、登与は衣服を整え、徒目付橋本典吾《はしもとてんご》方へ自訴《じそ》して出た。夫殺害の動機は黙したまま、今も一切を語っていない。登与の身柄は現在、評定所の座敷牢にある。

田宮靱負は旗本で、書院番衆《しょいんばんしゅう》三百俵の家柄であった。

書院番という役職は戦時には御小姓組《おこしょうぐみ》とおなじく将軍を護《まも》るが、平時は営中の要所を固め、式典では御小姓組と交替で将軍の給仕役を務める。将軍出向の折には行列の前後を警護し、使命を奉じて遠国にも出張る。

書院番頭は四千石高で、その下に千石高の組頭《くみがしら》がいて、田宮の属する書院番衆は一組五十人、それが六番組まである。つまり総勢六十人だ。さらにその下僚として一組につき、与力十騎、同心三十人がいる。

書院番は番方、すなわち武官として大変な大所帯で、将軍警護を役目とした猛者《もさ》の集まりなのだ。

田宮とてひとかどの使い手だと思うから、如何《いか》に就寝中とはいえ、不覚をとって妻女に斬殺されたというのが、百太郎としてはまず解《げ》せなかった。

そこで百太郎は登与の届けを受けつけ、田宮靱負の死骸検分もした徒目付の橋本典吾方を訪ねた。

下谷練塀小路《ねりべいこうじ》の東の通り、和泉橋から一枚橋《いちまいばし》に至る辺りの和泉町通りに橋本の組屋敷はあった。そこいらを御徒町《おかちまち》という。

田宮家は外神田佐久間町辺りだから、女の足で歩いてもさほど遠くはない。登与は夫を殺害した生々しい心と躰《からだ》のまま、夜明けに橋本宅をめざしたのだ。

時刻は夕の七つ半（午後五時）なので、橋本典吾は在宅していた。

幕臣は寄り道をしない限り、七つ（午後四時）頃には下城しているのである。

橋本は三十前の平凡な人の好さそうな顔つきの、やや小肥りの男で、身分は百太郎の方が上になるから恭順《きようじゆん》の意を表し、百太郎を奥の間の上座に据えた。

むろん橋本は目付方の下僚なので、双方とも顔は見知っていたものの、これまで言葉を交わしたことはなかった。徒目付の員数は五十六人である。

「今日で四日、いや、三日ですか。田宮家の事件は目に焼きついて離れませんよ」

橋本が気を昂《たかぶ》らせるようにして口を切る。

「まずは順序立てて話して下さい」

百太郎は冷静に努めながら言った。

橋本が語る。

「三日前の明け方に叩き起こされました。玄関へ出ると登与殿が立っておられ、たった今ご主君を手に掛けて来たと、そう申すではありませんか。衣服などは改めてあり、返り血を浴びたような形跡はありませんでした」

「登与殿のその時の様子は」

「青白いお顔をしておられましたが、落ち着いていましたね。すべて覚悟の上のことのようで、逃げも隠れもするつもりはないと。とりあえず妻に登与殿の身柄を預け、それがしは下男を連れておっとり刀で田宮家へ駆けつけました。奥の間が惨劇の場で、夜具を血に染めて田宮殿はうつ伏せに斃《たお》れ、すでにこと切れておったのです」

「殺害の道具は」

「その場に放ってありました。田宮殿の脇差かと思われます。その日のうちに目付方に提出しました」

「疵《きず》はどれくらいでしたか」

「首筋に一太刀、背中にも一太刀受けておりましたが、致命傷とは思えず、直接の死因は腹を刺された一撃ではないかと」

百太郎は奇異な目になり、

「登与殿は腹を刺したと？　心の臓ではないのですか」

尋常なら心の臓を狙うはずだと、百太郎は素朴に思った。

「それが妙なのです。あれはまるで田宮殿が切腹をしたような恰好でした。しかしそんなはずはありませんよね。ご妻女がわたしが殺しましたと言っているのですから」

百太郎は答えようがない。

「後になって外科医を呼んで正しく検分して貰いましたが、やはり腹を刺した疵が元で田宮殿は死んだのではないか、との見立てでした」

「貴殿は田宮夫婦とは交わりはあったのですか。いや、この界隈《かいわい》にはほかにも徒目付殿がおられるので、なぜ貴殿なのかと」

「いいえ、交わりなんぞありません。風祭殿のようにおなじ役職ならともかく、あちらは上様お側近くに仕えるご書院番ですから。お名前は存じておりましたが、道でも殿中でも会ったことはありません」

「どんな人でしたか、登与殿とは」

「口数の少ないもの静かなご婦人でしたよ。ご器量はすこぶるつきの美形です。まさかあんな虫も殺さないようなお顔をした人が夫を殺すなんて、信じられませんでした」

「……」

切腹のような恰好で死んでいたという田宮の姿を想像し、百太郎は疑念を覚えた。

(こいつはあたし一人の手に余るな)

そういう場合、思い浮かぶ顔は一つしかなかった。

三

風祭千之介は百太郎から登与事件のあらましを聞かされ、ひそかに強い興味を持った。

千之介の居室で、つばめ床の方は仕舞いかけていて、その慌ただしさが壁一つ隔てて伝わってくる。

「切腹に見せかけたとするなら謎は深いな。また本当の切腹なら、さらなる説明を必要としよう」

千之介の言葉に、百太郎も同感で、

「妻が夫を刺殺するという単純なものではなく、これには何か裏があるように思えてならんのです。考え過ぎでしょうかね、兄さん」

千之介はそれには答えず、

「登与なる妻女の身柄は」

「評定所の座敷牢にあります。落ち込んだ様子はないようで、食事などもきちんと摂《と》っているという話です」

「殺害の原因は話さぬのだな」

「それに関しましては、依然として口を噤《つぐ》んだままらしいのです。しかしほかの雑談には応じていると」

「おまえは登与殿に一度も会ってないのか」

百太郎がうなずき、

「会ったとしても、評定所役人の目がありますからどれだけの話ができますか。それよりこの事件の真相を突きとめたいですね」

千之介はうすす笑いを浮かべ、

「おまえ、だんだん目付らしくなってきたではないか」

「本当ですか、いやあ、ははは、わたしも張り切っているのです。岩倉様にお声を掛けて頂いて感謝していますよ」

「元気か、刑部殿は」

「ええ、男盛りですからね」

「上席目付にのし上がったのだ、大した出世だな。その昔、一度手合わせを願ったことがあったが、あの御仁はおれに引けを取らなかった」

「そんな昔からの知り合いなんですか」

「刑部殿が掃部介という通称で、町で暴れていた頃から知っている」

百太郎が驚きの顔になり、

「ええっ、あの岩倉様は乱暴者だったんですか」

「当時は家督を継がれる前だったから、暴れ馬のように手がつけられなかった。狼藉《ろうぜき》を働いていたという噂もあった。組頭殿より何度も叱責《しっせき》を受けたと聞いている」

百太郎は納得して、

「その若き日があって、今の岩倉様があるんですな。わたしもひとつ暴れてみようかな」

「おまえの腕力では袋叩きにされて終わりだろう」

「ははは、そうか、そうですよねえ」

百太郎が情けない表情になって笑う。

「剣術の方は稽古《けいこ》しているのか」

百太郎は神妙に襟《えり》を正して、

「あ、いえ、このところちょっと怠《おこた》っております」

「腕が鈍《なま》ってはならぬぞ」

「はっ」

「母上にお変わりはないか」

「すこぶる元気です。兄さんの話ばかりしていますよ」

千之介は微苦笑し、

「登与の素性《すじょう》を調べてみろ」

百太郎が真顔になり、

「素性とは」

「如何なる武門の出か。田宮家へ輿入《こしい》れする以前、登与はどんな娘時代を送っていたか。また実家の格が田宮家に見合っていたかどうか」

「なるほど」

「昔を知ることによって、事件を起こした今を知る手掛かりになるやも知れん」

「うわっ、さすがに兄さんだ、目のつけどころが違いますね」

百太郎はわくわくしてきた。

「何を言う。探索の初歩ではないか」

「はっ、肝《きも》に銘じます」

そこへ店を終えたおちかが、裏手からいそいそと入って来た。

「ご免なさい、おまえさん、遅くなっちまって」

おちかは百太郎に会釈《えしゃく》しながらにこやかに言う。

「構わん、今日はなんだ」

千之介が献立を聞く。

「天麩羅《てんぷら》なんです」

「そうか」

「おちかさん、ここへ来るなり台所を覗いたら、海老《えび》や青物が串刺《くしざ》しになっていたのですぐにわかったよ」

「百太郎さんもご一緒にどうですか」

「うへへ、もちろんそのつもりでおります。もう腹が減っちまって」

「おちか、急いでやれ」

「はいはい」

おちかが襷掛《たすきが》けをし、前垂れをかけて台所に立った。

「おちか、店で客の怒鳴るような声が聞こえたぞ」

千之介が言うと、おちかはふり向いて顔をしかめ、

「そうなんですよ、木綿問屋《もめんどんや》のお常婆《つね》さん、お米の結い方が気に入らないと怒って、しょうがないからあたしがやり直したんです。それだけじゃなくって、土間を掃いてるお仲も目障《めざわ》りだと。お常さん嫁さんと折合いが悪くって、今日も出がけに癪《しゃく》に障ること言われたみたいで、うちへ来て八つ当たりしてるんです」

「嫁の辛抱《しんぼう》が足らんのか」

「いいえ、お常さんが特別口やかましいんでしょうよ。嫁姑《よめしゅうとめ》のいがみ合いはどこの家でもあることですから」

「その点風祭家は波風が立たなくて結構だ。母上とおちかさんはぶつからんものな」

百太郎の言葉に、おちかは笑って、

「ぶつかるわけないじゃありませんか、あんな立派なお母上様。あたしなんぞとは格

て和気《わき》藹々《あいあい》とした三人の食事が始まった。（前頁から続く）

「うむ、その通り。わたしもそう思うよ、おちかさん」

　それから間もなくして、天麩羅を山盛りにし、百太郎が加わったから和気《わき》藹々《あいあい》とした三人の食事が始まった。

　天麩羅は初めは屋台でしか食べられなかったが、文化年間頃から高級料理として格上げされ、居付きの店で出すようになった。

　さらに家庭でも楽に食べられるようになったのは、菜種油《なたねあぶら》と胡麻油《ごまあぶら》の普及が拍車《はくしゃ》をかけ、蕎麦《そば》と並んで人気食品となったものだ。

「百太郎、田宮登与の件、おれも手伝うぞ」

「えっ、いいんですか、兄さん」

　百太郎が目を輝かせた。

「おれは謎解きが好きなのだ」

　千之介が真顔を向けて言った。

四

　登与は五年前の二十歳の時、田宮家へ輿入れしていた。

実家を調べると、靱負と同格の旗本今泉紋蔵《いまいずみもんぞう》であった。お役もおなじ書院番衆である。

ところが旗本の武鑑《ぶかん》によると、登与は今泉家の養女の身分だったのだ。

(兄さんの眼力は凄いな)

百太郎は胸躍らせ、今泉紋蔵を城中菊の間でつかまえた。

人に聞かれたくない話なので、奥坊主の控えの間へ今泉を誘い、人払いをして小座敷で対座した。そんな小座敷でも、城中ゆえに雪月花の美麗な襖絵が描かれている。

百太郎はごまかしをせず、田宮靱負殿刺殺事件を調べているとはっきり伝えた上で、

「今泉殿が登与殿を養女になされた経緯をお聞かせ願いたい」

そう言われ、養家の主として何を聞かれるか、今泉は初めは気色ばんでいたが、ほっとしたような表情になって、

「よくある身分違いの養子縁組でござるよ。田宮殿より直々に頼まれ、登与殿養女の儀、お引き受け申した」

初老で善良そうな今泉が答え、目をしょぼつかせるようにして、

「それがこたびのようなことに相なり、なんとも……みどもは未だに信じられんのです。登与殿が靱負殿を刺殺するなど、ありうべからざることでござる」

年の差はあれど、身分は百太郎の方が上なので、今泉は気遣いをしているようだ。

百太郎は登与と靱負の仲についてすぐにでも聞きたいところだったが、それを抑えて、

「では登与殿の実家はご存知ですな」

「父君は片山伊織《かたやまいおり》殿と申し、明屋敷番《あけやしきばん》を務めておられたそうな」

「明屋敷番ですか」

「はい。したが五年前に養子縁組をした時は登与殿の父君はすでにこの世になく、片山家は遠縁の者が継いでおられた。それは今でも存続しているものと」

明屋敷番というのは、明屋敷奉行が差配の元、江戸ご府内で大名や旗本が屋敷替え、あるいは改易《かいえき》その他の事情で空家となった明屋敷を監理し、または明屋敷の財産目録の作製をも行うお役だ。

明屋敷を見廻っては火災防止に務め、浮浪者などが住みつかぬように目を光らせるのである。正しくは明屋敷番勘定役と称し、四十俵二人扶持《ぶち》の軽輩《けいはい》で、つまり登与は下級武士の家柄の出だったのだ。

「ではお尋ねしたい。知っている限りのことで結構ですからお聞かせ下さい」

「はっ」

「靫負殿から頼まれたと申されたが、では登与殿は見初《みそ》められたということなのですか」

「左様、当時お二人は相思相愛でござった。みどもなど目の遣り場に困るほどで、なんともおうらやましく思いましたよ」

今泉はやや顔を綻《ほころ》ばせて言う。

「近頃は会ってなかったのですか」

「靫負殿には城中でお会いするが、登与殿とは五年前の婚礼の晩以来顔を合わせておりません。年に二度、盆暮にお心遣いの品が届くだけでした」

「二人はどこで知り合われたんでしょう。馴《な》れ初《そ》めなどは聞いてませんか」

「はて、一度そんな話の出たことが……」

今泉は記憶をまさぐり、

「おお、そうであった。知り合うたのは今から十一年ほど前のことで、その翌年登与殿の父君が亡くなられたのです」

「病死ですか」

「いや、何も聞いておりません」

「十一年前なら靫負殿十九、登与殿は十四ということに。では知り合って六年の後、晴れて夫婦になったわけなんですね」

「確かに」

「ややは授からなかった」

「はっ、そのようで」

百太郎は登与の父片山伊織の死が気になってきた。気になることがあると、矢も楯《たて》もたまらなくなる性分なのだ。

本所割下水《ほんじょわりげすい》の片山家を訪ねた時は、辺りはすでにたそがれが迫っていた。土塀は苔《こけ》むし、木戸門は傾き、組屋敷はかなり老朽化《ろうきゅうか》している。

片山伊織の遠縁の者は六三郎《ろくさぶろう》といい、三十前後の見るからに小心そうな男だった。百太郎の来訪を受けた六三郎は明屋敷の見廻りから帰ったばかりのようで、羽織袴姿である。

相対した部屋は四帖半の小部屋で、壁は煤《すす》けて調度は何もなく、あるのは乏しい炭火がちろちろと燃えている火鉢だけだ。下級武士の貧しさがひしひしと伝わってくる。

「伊織殿の死因をお尋ねで？」

六三郎がおずおずと問い返した。

「十年前のことですが、伊織殿が亡くなられて貴殿は当主になりましたな」

「そうです。当時わたしは無役でしたから助かりましたよ。明屋敷番のお役に就《つ》いたお蔭で家族を持つこともできたのです」

「して、伊織殿のことですが」

百太郎が膝を詰めると、六三郎は困惑の表情になって、

「事件のことは詳しくは知りませんが、伊織殿は見廻りの途次、何者かに斬り殺されたと聞いております」

百太郎の顔色が変わった。

「下手人《げしゅにん》は」

「わからずじまいです。どうせ明屋敷に無宿者でもいて、そいつらと諍《いさか》いになったのではありませんか。表向きは病死ということになっておりますが、実はそういうわけなのです」

「それ以外のことは」

「何も知りません」

「登与殿はご存知か」

「会ったこともありません。家督相続は組頭殿や親類がみんな段取りをしてくれて、

わたしはここへ入っただけなのです」

そう言った後、六三郎は百太郎に探るような目をくれて、

「登与殿は大変なことを仕出かしましたが、もしやわたしに類が及ぶようなことはありませんよね。困るんですよ、無関係ですから。何かありましたら、ご貴殿の方から取りなしてくれませんか」

(この人はおのれの心配しかないのか)

むかっ腹が立ってきて、百太郎は片山家を辞去した。

五

どこをどう逃げ廻ったらよいものか、ねずみ小僧次郎吉は途方にくれていた。

下谷広小路にある伊勢《いせ》亀山藩《かめやまはん》六万石の上屋敷で、一万坪近い敷地のなかである。

奥の院に忍び込み、老女の部屋から金二十両を盗んだまではよかったが、宿直《とのい》の侍に見つかり、いきなり刀で斬りつけられた。いつもの黒装束《くろしょうぞく》に盗《ぬす》っ人被《とかぶ》りだから顔を見られはしなかったが、他の侍たちも大勢駆けつけて来て命の危険に晒《さら》された。

「曲者《くせもの》」「出会えい」「逃がすな」などの怒号に追い立てられて奥の院をとび出し、宏《こう》大《だい》な庭園を逃げまくり、土塀を探して脱走しようとするも、こんもりした森のなかは

真っ暗でどこに何があるかわからない。

まごついている間にも四方から提灯《ちょうちん》の灯が迫ってくる。

（ああっ、おれもこれでお釈迦になるのか）

絶望しかけたその時、桜の大木の向こうに土塀が見え、木戸のあることがわかった。

月明りに感謝する。

そこへまっしぐらに駆け寄り、木戸を開けようとするが鍵がかってある。侍たちの足音が近づいて来た。

（くそったれ、捕まってたまるかよ）

力任せに鍵を壊し、木戸を開けて表へとび出した。広い道へ出て屋敷を後にし、足早に歩いていると、後方から声が掛かった。

「貴様、止まれ」

北町奉行所定廻り同心寒川五郎兵衛だ。岡っ引き、下っ引きらをしたがえての市中見廻りの最中である。

その声色ですぐに町方役人とわかり、次郎吉はふり向かずにすたすたと歩を進める。

「おのれ、待たぬか」

寒川が怒鳴りつけ、岡っ引きらと追跡を始めた。

（一難去ってまた一難かよ。よくよくついていねえな、今宵《こよい》は）

舌打ちして突っ走り、次郎吉は物陰にとび込んで寒川らをやり過ごした。一団は見当違いの方向へ走って行く。

黒門町に燗酒屋《かんざけや》が屋台を出していて、そこへ次郎吉は姿を現した。黒い着物を裏返すとごく尋常な小袖になっていて、頬被《ほっかむ》りを取ればどこにでもいる町人だ。

「一本つけてくんな」

屋台の老爺に注文しておき、次郎吉はほっとひと息ついた。この先の不忍池《しのばずのいけ》のそばに隠れ家が一軒あるから、今日はそこに泊まりだと決めている。そんな家を次郎吉はご府内に五、六軒持っていた。

そこへ岡っ引きたちと別れた寒川がやって来て、次郎吉の隣りの明樽《あきだる》に腰を下ろした。

ふつうの悪党なら震え上がるところだが、こういう時の次郎吉は腹が据わっていて慌てることはない。前にもこんなことがあって、偶然の不幸なのだ。

黙って寒川を見て、相手が町方同心だから敬意を払うように会釈だけして、次郎吉は老爺の出してくれた燗酒に口をつけた。

「いつまでも冷えるのう」

酒を注文しながら、寒川が次郎吉に話しかけてきた。

「へえ、春は遠いみてえですねえ」

寒川は冷や酒を飲みながら、

「すんでのところで取り逃がしてしもうた」

「賊でござんすかい」

「あれはねずみ小僧だ、うん、間違いない。亀山藩からこっそり忍び出て来た」

「うへっ、そりゃまたとんでもねえ大物だ。逃がした魚は大きかったじゃねえですか」

おのれのことを誇大して言ってみた。

寒川は苦々しい顔でうなずく。

「で、どんな野郎でござんしたか、ねずみ小僧は。役者みてえないい男だって聞いてやすけど」

「面《つら》は拝んでおらんのだ」

「あ、さいで」

次郎吉はそっと胸を撫で下ろす。

「ねずみ小僧にはわしは特別の思いを持っている」

「よろしかったらお聞かせ下せえ」

寒川の横顔を盗み見ながら次郎吉が言う。

「憐れだな」

「へっ?」

「人のものを盗んで生きているのだ。一日たりとも心の休まる日はあるまい。いつ役人に踏み込まれるか、びくびくして暮らさなければならん人生など、わしはまっぴらご免だ。そうは思わんか」

「へ、へえ、確かに……」

「今さら自訴しても間に合うまい。極刑は目に見えているのだ。こうなったら図太く開き直って、盗むだけ盗み、逃げるだけ逃げたらよかろう。ばったり出くわしたなら見逃すつもりはないが、できれば奴には逃げ切って貰いたいと願っている。変な役人と思うかも知れんが、これはわしの判官贔屓《はんがんびいき》じゃな」

「つまり旦那はねずみ小僧を憎んじゃいねえと」

「憎むどころか拍手喝采《はくしゅかっさい》をしてやりたいほどよ。日頃威張り腐っている大名どもにひと泡吹かせているのだ。こんな小気味のいい盗っ人はおらんではないか」

次郎吉はしだいに嬉しくなってきて、

「旦那はあっしらのお味方なんですね、町方のお役人はそれでなくちゃいけねえや」

それじゃあっしはこの辺でと言いながら、次郎吉は老爺に銭をつかませ、この旦那にもっと飲ませてやってくれと言い残し、屋台を出た。

「おい、見ず知らずのわしにそんなことをしてよいのか。奢《おご》られるいわれはないぞ」

「よろしいじゃございませんか、旦那の心意気に気分をよくしたんですよ」

「それはいかん、せめて名ぐらいは明かせ」

寒川が言った時には、次郎吉の姿はもうなかった。

六

不忍池近くの長屋が見えてきて、次郎吉は警戒の色になった。

次郎吉の家に灯がついているのだ。その家のことはみだりに人に教えていなかった。

（いってえ誰が、まさか……）

思い当たる人物は一人で、次郎吉は家に近づいて行き、逃げ腰になりながら油障子に指で穴を開けて覗いてみた。

千之介が上がり込み、勝手に酒を飲んでいた。

家へ入って、次郎吉は相好を崩した。

「千の旦那、よくここが」

「おまえが前に教えてくれたではないか」

「へえ、けどまさかお見えんなるとは」

次郎吉が上がり、酒の相手をして、

「ここんところご無沙汰《ぶさた》しておりやして、申し訳ござんせん」

「今宵の首尾はどうであった」

千之介が事もなげに聞く。

「ご、ご存知なんで？」

「亀山藩が大騒ぎをしていた」

「敵《かな》わねえなあ、旦那にかかっちゃ。へい、首尾は上々でござんしたよ」

「おまえに頼みがあって来た」

「へい、なんなりと」

次郎吉が座り直した。

「書院番の田宮靱負殿が、登与なる妻女に殺された事件は知っているか」

「耳にへえっちゃおりやすが、詳しくは」

「田宮殿の女房は輿入れする前は、片山伊織という明屋敷番の娘であった」

「そいつぁちょいと身分違えですね」

「ゆえに田宮殿とおなじ書院番の今泉紋蔵殿へ、登与は一旦養女に入った」

「なるほど、よくある養子縁組でさ」

「ところが十年前、登与の父親は明屋敷番の見廻りの途次、何者かの手に掛かって果てたという。その後片山家は遠縁の者が継いで今も存続している。登与は実家を捨てて田宮家の人間になった。それが五年前のことだ」

「片山殺しの下手人は挙がってねえんですかい」

「その真相、下手人を突きとめようと思っている。おれが知りたいのは十年前の事件の顚末《てんまつ》だ」

「そいつぁ百太郎さんも動いていなさるんですね」

千之介がうなずき、

「百太郎の手柄にしてやろうと思っている」

「さすがお兄上だ、あっしもひと肌脱ぎやすぜ。差し当たって何をすりゃよろしいんで」

「百太郎は今、当時の明屋敷番の者に事情を聞こうとしている。だがおれは正直危ぶんでいる。片山伊織殿の同役が事件のことをすんなり吐くとは思えんのだ」

「そうでしょうとも。お武家の連中はなんでもかんでも秘密にしやすからねえ」

「そこで万一を考え、十年前の片山家の雇い人をおまえに探し出して貰いたい」

「はあ、雇い人を……明屋敷番の身分じゃそんなに大勢人を雇えるとは思えやせん。精々下男か下女のどっちかでござんしょう」

次郎吉はしょっちゅう武家屋敷を探っているから、武家筋の台所事情には詳しいのだ。

「探し出せるか」

「そんなに造作はかかりやせんね」

「どうやる」

「まず口入れ屋でさ」

「口が固いぞ、あの稼業の連中は」

「どうってこたありやせん、そんな時は」

次郎吉が千之介に背を向け、柳行李《やなぎごうり》のなかをごそごそと探していたが、

「こいつにものを言わせりゃ、どんなに古い帳面でも見せてくれやすぜ」

銀ぴかの十手を見せた。

「偽岡っ引きというわけか」

「さいで」

「盗品なのか、それは」

「とんでもねえ、大枚はたいてこさえさせたんですよ。いざって時にこいつを見せりゃ相手は騙《だま》されやす」

「やるな、おまえ」

「お褒《ほ》め頂いて恐縮です」

「では頼むぞ」

千之介が刀を取って立ち上がった。

「あ、ちょっくらお待ちを」

「なんだ」

「折角お出でんなったんじゃござんせんか。もう少し飲みやしょうよ」

「女房を心配させたくないのだ」

つれない返事が返ってきた。

次郎吉は鼻白んだようになって、

「はあ、そうですかい、そういうことならどうぞ」

「拗《す》ねるな。おまえらしくないぞ」

千之介が愛想もなく出て行った。

次郎吉はかくんと首を垂れ、独り寂しく酒を飲みつづける。

(よくよくつまらねえ夜だな、こん畜生め。おちかさんがそんなにでえじなのかよ。たまにゃ男同士で飲みたくなっただけなのによ)

北風がぴゅうと無情に油障子を叩いた。

七

小店の店先で蒸《ふ》かし饅頭《まんじゆう》を売っていて、子供の行列ができており、しんがりに百太郎が並んでいた。背丈はともかく、饅頭欲しげなその表情はあまり子供と変わらない。

蒸かし饅頭は餡《あん》を小麦粉の粉を練った生地で包んだもので、どこの町にもある安い菓子だが、百太郎はこれが子供の時からの好物なのだ。

少し苛つきながら順番を待ち、やがて二個を買い求めてすぐにその場で頬張った。湯気の立った生地のなかから餡が出てきて、至福の思いとなる。

(むふっ、こうなったらやけ食いだ)

瞬く間に一個を平らげたところへ、次郎吉がぬっと顔を出した。すばやく百太郎の手から残りの饅頭を取り上げ、口にねじ込む。

「次郎吉、人のものを勝手に」

「盗っ人なんだからしょうがねえでしょ」

声をひそめて次郎吉が言う。悪戯《いたずら》っぽい目で笑っている。

「こんな所で何やってるんだ」

「お手伝いですよ」

「なんの手伝いだ」

「その様子じゃ首尾がよくなかったんでしょうね」

「ど、どうしてわかる」

「わかりやすとも、長えつき合いじゃねえですか」

「おまえとはまだ昨日今日のはずだ」

「けど図星《ずぼし》だ」

「うむ、そうなのだ。明屋敷番の連中に聞いて廻ってるんだが、誰もが知らぬ存ぜぬとぬかしおって。いや、待て、どうしておまえがそのことを知っている」

「千の旦那の鶴の一声でさ。百太郎さんに手柄を立てさせてやりてえと、そう言いなさるんですよ、あのつき合い難いお兄上が」

「つき合い難いとはなんのことだ」

「いえ、こっちの話で」

「そうか、兄さんがそう言ってたのか。泪《なみだ》が出そうなひと言だな。しかし駄目なんだ、どうしても十年前の片山伊織殿の事件が見えてこない。それで苛ついている。苛つくとやけ食いをしたくなるのだ」

「一人つかまえやしたぜ」

「なんのことだ」

「十年めえに片山家で働いていた宇兵衛《うへえ》てえ父っつぁんでさ」

「雇い人か、どうやって割り出した」

「口入れ屋ですよ。こいつを拝ませて古い帳面を見させやした」

次郎吉がふところに隠した十手をちらっと見せる。

「おまえ、そんなこともやってるのか」

「時と場合でさ。岡っ引きにあこがれてるわけじゃござんせんから、念のため」

「その宇兵衛からもう話は聞いたのか」

「これからですよ。百太郎さんと一緒の方がいいと思って、おめえさんをあっちこっち探しておりやした」

百太郎が感心の目になって、

「おまえって奴は……」

「役に立つ男だと言いてえんでしょ、お兄上もおんなじことを言ってやしたぜ」

「まさにその通りだ、では共に参ろうぞ」

八

宇兵衛という元片山家の下男は、今は根岸《ねぎし》の里の円光寺《えんこうじ》なる寺で寺男をやっていた。

宏大な寛永寺《かんえいじ》の寺群が近くに見えていて、この辺りは一面に金杉村《かなすぎむら》の田畑が広がっている。

境内《けいだい》の庭で枯葉《かれは》を竹箒《たけぼうき》で掻《か》き集め、ひと山にして宇兵衛が焚火《たきび》をするそばに、百太郎と次郎吉が突っ立っていた。

「十年めえのあのことはよっく憶《おぼ》えておりやすよ」

宇兵衛は六十過ぎと思われ、頭髪はほとんどない好々爺《こうこうや》で、焚火で煙草《たばこ》の火をつけながら語りだした。

「片山の旦那様のお供をして、十年めえの春の宵に愛宕下《あたごした》の幾つかの明屋敷を見廻っておりやした。するってえと、佐久間小路《さくまこうじ》の大旗本だったお屋敷に灯が見えたんでさ。殿様が乱心して家のもんを疵つけ、改易になったお屋敷でした。その明屋敷に近づいてくと、なかで騒いでいる声が聞こえるじゃござんせんか。けどその声がなんだか荒っぽいんで、あっしぁ悪い予感がして人を頼んだ方がいいと申しやすと、片山様はそれをふり切ってお屋敷にへえってったんでございやす」

百太郎と次郎吉は固唾《かたず》を呑むようにして聞き入っている。

宇兵衛は紫煙を燻《くゆ》らせながら、

「なかにいたのは三人のお武家で、それも身装《みなり》のいいれっきとしたお旗本の若殿みてえな連中でした。明屋敷にへえり込んで酒を持ち込んで騒いでたんですよ。片山様がすぐに出て行けと厳しく言うと、三人は逆上してつっかかってきやした。片山様は剛直なお人柄ですから、負けずに三人をつっぱねるうちに烈しい言い争いになって、揚《あげ》句《く》にゃ三人が刀を抜いて斬りつけてきたんです。片山様はお抜きんなりやせんでした。あっしぁ動転して、ともかく辻番《つじばん》に知らせようとそこをとび出しやした。ものの四半刻（三十分）もしねえで辻番の父っつぁんと戻ってみると、片山様は斬られてもう息がござんせんでした。むろん三人組の姿も消えておりやしたよ」

百太郎が色を変えて宇兵衛に詰め寄り、

「旗本の若侍三人の素性はわからなかったのか」

「いえ、その後の調べでお二人までは素性が知れやした」

「二人の名は」

「忘れも致しやせん。夏目勇八《なつめゆうはち》様と野沢采女《のざわうねめ》様と申しやす。夏目様のお家は小普請支配役《こぶしんしはいやく》で、野沢様の方もおなじ小普請組組頭でござんした。ところがあとの一人が、どうしてもわからねえんで」

次郎吉が口を挟んで、

「父っつぁんはそのもう一人の顔を見てるのかい」

「この瞼《まぶた》に焼きついておりやすよ。三人のなかで一番年嵩《としかさ》で、一番威勢がよかったんで」

「では夏目と野沢の二人は罰せられたのか」

百太郎が問うた。

「いえ、表沙汰にゃならなかったようで」

「なぜだ」

「片山様が賊と争った際に、刀を抜かなかったのが徒《あだ》んなりやした。腰抜けってことにされちまったんですよ。本当はそうじゃねえんです。片山様は腕に覚えがあって、若え三人を疵つけまいとしただけなんで。けど抜かなかったのは事実でござんすから、そのままだと片山家はお取り潰しでさ。それで明屋敷番の同役の方々がそのことをひた隠しにして、片山様は急病で死んだことにしたんです。つまりお家の存続を図ったんでさ」

そういう裏事情があって、同役の明屋敷番の役人たちがひた隠しにしていることがわかり、百太郎は得心がいった。ゆえにいくら問い詰め、探させても、初めから片山伊織斬殺の調書はなかったのだ。

「夏目と野沢の二人はその後どうなった」

百太郎の問いに、宇兵衛は首を傾げ、

「さあて、あっしはそれっきり片山家から離れちまったもんですから、その後のことは」

「片山殿の娘登与殿のことはどうだ、よく知ってるはずだぞ」

百太郎が質問をつづける。

「へえ、結構なお嬢さんでしたよ。早えうちにお母上を亡くされて、登与様が片山様のお身の周りのことはしっかりやっておられやした。お父君が亡くなった時登与様は十五、六だったと思いやす。お嬢さん、どうしておられやすかい」

宇兵衛は登与の起こした事件は何も知らないのだ。

百太郎が黙っていると、宇兵衛がぼそりと言った。

「田宮様と一緒んなってたら言うこたねえんですがねえ」

その言葉を、百太郎は鋭く聞き咎《とが》め、

「今なんと言った、父っつぁん。田宮殿と知り合いだったのか」

「ええっ、田宮様をご存知なんですかい」

「ああ、知っている。それでどうなのだ」

「へえ、お二人はひそかに通じ合っていたんでさ。このあっしが旦那様の目を盗んで何度も付け文を届けたんです」

九

庭園の紅梅、白梅が見事に花を咲かせ、鶯《うぐいす》が妙《たえ》なる調べを奏《かな》でていた。

千之介は肘《ひじ》を枕に横になり、それを聞くとはなしに聞いている。

神田駿河台下富士見坂の風祭家、書院風の広座敷である。

登勢が長い裾を引きずりながら畳廊下をやって来た。

「千之介、喜内が只今《ただいま》戻りました」

千之介がむっくり半身を起こす。

「どうやら上首尾のようですよ、おまえの知りたいことがわかったらしいのです」

登勢にはここへ来てすぐ、事件の概要を話しておいた。

「どうか母上も同席して下さい」

「承知しました」

そこへ用人の袋田喜内が慌ただしく来て、千之介の前にぺたんと座り、

「若、判明致しましたぞ」

「聞こう」

袋田はふところから書きつけたものを取り出し、阿蘭陀《オランダ》式眼鏡《しきめがね》で文字を追いながら、

「えー、小普請組支配夏目三左衛門《さんざえもん》殿ご次男勇八殿は、不身持《ふみもち》を重ねた末、甲府勤番《こうふきんばん》のお役に飛ばされておりました。つまり二度と帰れぬ山流しでござりまするな」

甲府勤番は甲府城守備のために派遣されるお役だが、それは表向きで、勤番衆の多くは江戸で不行状を働いた旗本、御家人らで、懲罰的《ちようばつてき》意味合いの左遷《させん》であった。俗に山流し、甲府勝手と言われ《かつて》ている。

「夏目勇八は未だ甲府にいるのか」

千之介の問いに、袋田は狆《ちん》のような顔を寄せてきて、

「それが甚《はなは》だ面妖《めんよう》なことに」

「どうした」

「甲府へ飛ばされた二年後に、夏目勇八は甲府の山中に迷い込み、崖から落ちて死んでいるのです。始末は事故ということになっておりまする」

千之介は押し黙り、登勢は何やら考えめぐらせている。

「次に小普請組組頭野沢作兵衛《さくべえ》殿ご三男采女殿は、夏目勇八の死んだ翌年に酒毒が祟《たた》ってやはり若死しております」

「病気なのか」

千之介がぼそりと言う。

「はあ、まあ、そこはなんとも。無役ですからやることもなく、毎日を怠惰《たいだ》に暮らしておったようで、酒はもう朝から飲む有様だったとか。しかし重病というほどではなく、死ぬ前日まで元気にしていたそうなのです。それが翌日、床のなかで呆気《あっけ》なく死んでいたと。それもおのれの屋敷ではなく、当時身を寄せていた浅草芸者の家でございました」

「夏目は八年前、野沢は七年前にこの世を去った」

「はい、そういうことに。それと七年前の浅草芸者は君奴《きみやっこ》と申しまして、まだ彼《か》の地で稼業をつづけております」

「わかった。喜内、ご苦労であった」

「お役に立ちましたかな、若」

千之介が満足げにうなずく。

「いや、もう、旧《ふる》いことなので、この件を聞きに行った徒目付の方々も当惑しておられましたよ。しかしさすがでござりまするな、風祭家の名を出すと皆さんすらすらと喋って下さいました、ははは、鼻が高うございます」

朗《ほが》らかに言って袋田は去りかけ、戸口でふり返ると、

「あ、それとひとつ、徒目付殿の一人が気になることを」

千之介と登勢が袋田を見た。

「田宮靫負殿はこの半年ほど、何やら患《わずら》っていたとか」

「どこが悪かったのだ」

「いえ、そこまでは。主治医にお聞きになればわかりましょう」

袋田が去り、千之介は考えに耽《ふけ》った。

「これ、千之介」

登勢が言って膝行《しっこう》し、千之介が見やった。

「登与殿は十四、五の時から田宮殿と恋仲だったのですね」

「はっ、そのように」

「十五の時に父親が非業の死を遂《と》げ、その五年後に登与殿はめでたく田宮家へ輿入れを。わたくしが思うに、二人の間に何かの密約があったのでは」

「密約ですと？」

「もしやお二人は、強い絆《きずな》に結ばれていたということも考えられましょう」

「それが片山伊織殿の死で一旦は壊れかけ、また元に戻した」

「悪人は夏目殿と野沢殿の二人だけなのですか」

千之介は消えたもう一人のことは言わなかったので、

「いえ、実はもう一人います。しかしこの男のことがどうしてもつかめぬのです」

「靱負殿と登与殿にはわかっているのではありませぬか」

千之介は曖昧《あいまい》にうなずきながら、

「ではなぜ登与は靱負殿を刺し殺したのか」

「そこですよ、大きな謎は」

登勢は吐息ひとつついて、

「千之介、わたくしの実家のことはご存知ですわね」

「はっ、表高家《おもてこうけ》の大変なお家柄です」

高家とは族姓（家柄）の高い家の称で、室町《むろまち》時代に足利《あしかが》氏を公方《くぼう》といい、記録ではその一族を公家、高家と記している。後に公卿《くぎよう》と混同しやすいので高家と表すようになった。

高家には吉良《きら》、畠山《はたけやま》、織田《おだ》、六角《ろつかく》、品川《しながわ》などがあり、高家職に就いている旗本を奥《おく》高家《こうけ》、非役の家を表高家と称した。さらに奥高家のうち、特に家柄のよいなかから三家を選んで肝煎《きもいり》とした。『忠臣蔵《ちゆうしんぐら》』で名高い吉良上野介《こうずけのすけ》は高家肝煎である。

高家の禄高は万石を越えることはなく、多くは五千石以下であるが、公卿との交際深く、宮中とも接するので官位は高く、四《し》位中将《いちゆうじよう》にまで進むことができた。

登勢がつづける。

「亡き十左衛門殿は代々お目付職で、大身旗本に違いはございませんでしたが、わが実家と比べるとやはり格下に相なります。わたくしと十左衛門殿は知り合うてすぐによき仲になったものの、家柄の違いから婚姻《こんいん》の許しは得られませんでした。されどたがいにほかの人ではとても考えられず、許しが出るまで何年でも耐え忍んだ時期がございました。靱負殿と登与殿とは逆ですが、やはりわたくしたちも密約を交わし、末を誓い合ったのです」

「どんな密約でしたか」

登勢は恥じらいに頰を染めながら、

「こんなことを申すのは気恥ずかしい限りですが、わたくしたちの密約はひたむきに相思相愛を貫くことでした」

「父上も母上もそれを守られた」

登勢が失笑し、

「晩年はともかく、二人ともその時は純だったのですねえ」

そう言った後、真顔を据えて、

「千之介、登与殿にはなんぞ悲願があるのではありませぬか」

千之介ははっと虚を衝かれたようになり、

「悲願……」

めくるめくように思いめぐらせた。

十

浅草芸者の君奴は黒船町《くろふねちょう》に家を持ち、そこに若い芸妓《げいこ》を通わせて唄や踊りの芸事を教えていた。

千之介が来訪して一室で待たされている間も、三味線《しゃみせん》が絶えず鳴らされ、踊りの稽古をする様子が伝わっていた。

それが一段落すると、君奴が入って来て千之介の前に畏まり、三つ指を突いて、

「どうも旦那、お待たせしちまいまして」

「いや、なんの」

たっぷり肥えた君奴は、年増芸者の貫禄を見せながら、

「どんなことをお尋ねでござんしょう」

「七、八年前、おまえには野沢采女という旗本の情人がいたな」

君奴は色を変え、表情を引き締めて、

「はい、確かに。しらを切るつもりなんてありませんけど、どうしてそんな旧いことを」

「采女の亡くなった真相を知りたいのだ」

「あ、はい、それは……」

君奴は動揺を浮かべ、

「あの人の死んだことにお疑いでも？」

千之介が無言でうなずく。

君奴は何やら考えるようにしていたが、気を落ち着かせるためか、台所へ立って徳《とっ》利《くり》と手付盃《てつきさかずき》を持ってくると、酒を注いでぐいと飲み、はあっと太い息を吐いて、

「まさか今頃んなって……昔の幽霊が出て来たような気分ですよ」

「采女の身に何があった」

君奴はもう一杯酒を飲んで、

「いえね、元々あの人酒浸りの暮らしをしていて、躰も少しおかしくなってたんです。それでもれっきとしたお旗本のお坊っちゃんだからないがしろにはできなくって、あたしとしちゃ精一杯面倒見てたんです。お家の方も勘当同然になっていて、ほかに行く所がないってえからここに一緒に暮らしていました。それがある晩、あたしがお座敷から帰って来ますと、あの人寝床のなかで死んでたんですよ」

「どんな死に方であった」

「いえ、不審はなかったんです。今まであの人の暮らしが暮らしでしたから、本当に酒毒にやられちまったみたいな。疵なんぞがあるわけでなし、不意に息が止まっちまって、呆気なくあの世へ行った感じでした」

「よく思い出してくれ、何かおかしなことはなかったか」

「そう言われましても……」

君奴は記憶を探っていたが、

「あっ、そういえば。あたしが家へ入る前に妙な足音を聞いたような気が」

千之介がきらっと目を光らせ、

「誰かがこの家にいたというのか」

「とっさにそう思いました。でも何も盗られてたわけじゃなく、荒らされてもいませんでしたんで気のせいだったかと。ともかくあの人が死んでたんで、びっくりしちまって」

「どんな足音であった」

「力強く逃げる足音でしたから、あれはたぶん男じゃないかと」

「……」

「もうその後が大変でした。自身番《じしんばん》へ走って町役《ちょうやく》さんを呼んで、死んでるのがお武家だから今度は辻番が来て、野沢様のお屋敷へ走って貰いました。それから遅くなってお父上様やらお兄上様がいらして、采女様の亡骸《なきがら》を引き取って行かれました。皆さんあたしを白い目で見るんで、まるで針の筵《むしろ》に座ってるみたいでした。ああっ、七年も経ってるってのに、まるで昨日のことのようですよ」

「采女とつき合いのあった侍の名は聞いたことがないか」

「いえ、ここでは一切そういう話は……それにあたしと知り合う何年か前によほど嫌なことがあったらしくって、あの人時々怯《おび》えてるみたいな」

「怯えているとは誰かにつけ狙われているとか、そういうことか」

「そんな気がしましたねえ、でもあの人、あたしにゃ何も話しちゃくれなかったもんですから」

「……」

野沢采女は何者かに息を塞《ふさ》がれた。千之介は確信を持った。

それに今となっては調べようもないが、甲府の山奥で夏目勇八が死んだのも、事故ではないと思った。

片山伊織を斬殺した三人の若侍に、標的は向けられていたのだ。

残るは一人。それが誰なのか、千之介は歯痒《はがゆ》い思いがしてならなかった。

十一

つばめ床の家の方で、千之介と百太郎が額を寄せ合って密談を交わしていた。

日は傾きかけているが、店では女たちの明るい笑い声が聞こえている。

「田宮殿は宿痾《しゅくあ》を抱えておりましたよ」

百太郎の知らせに、千之介の眉がぴくっと反応した。

「兄さんに言われた通りに主治医を探し出して聞いてみたんです。内神田に住む蘭方《らんぽう》医《い》の緒方九庵《おがたきゅうあん》という人でした」

「病名はなんだ」

「よくわかりませんが、躰のなかに悪いものができているような。医者が申すには、田宮殿はこの半年ほどその病いで苦しんでいたそうなんです。痛みもあり、日々痩《や》せ衰えていったと医者は言ってます」

「ではみずから命を断ち、死期を早めたというのか」

百太郎がうなずき、

「うがち過ぎかも知れませんが、その田宮殿へ登与殿が乱心のように見せかけて太刀を浴びせたのではありませんか。ですから腹を刺したのはあくまで田宮殿本人ではないかと」

「なんのために」

百太郎は苦笑を浮かべ、

「それがわかったら苦労しませんよ。でも変ですよねえ。病魔に苦しむ夫を見かねて妻が殺したのなら、そう言うはずです。隠すことはないんだ。登与殿が何も言わないから真相がわからず、評定所の裁きにかけられるわけですから」

千之介は考えに耽っていたが、すっと顔を上げて、

「……そうか、切腹のような姿だったのではなく、切腹そのものだった」

「はい。けど兄さん、これはあくまで仮説ですが、登与殿には何かの計略があるのでは。わたしにはそう思えてならんのです」

千之介の耳に登勢の声がよみがえった。

『千之介、登与殿にはなんぞ悲願があるのではありませぬか』

その言葉が千之介の胸にずしんと重く落ちた。『悲願』という言葉を内心で繰り返す。

千之介は押し黙った。

百太郎は思い悩みながら、

「夏目殿と野沢殿の死は、事故や病死を装ったものではないかと兄さんは言いました」

千之介がうなずく。

「もし兄さんの言うように二人の死が人の手によるものだとしたら……どちらも登与殿の父君を斬殺していますよね」

「そうだ。幻のもう一人の男と三人でな」

「そのことがこたびの元にあるのでは」

「おれもそう思う。したがそれがわかっていながら突破口を見出せずにいる。こんな腹立たしいことはないぞ」

「ああっ、参ったなあ、またわからなくなってきたぞ」

百太郎が頭を抱えた。

「百太郎、こうなったらご本尊に会うしかあるまい」

「ご本尊とは……」

すぐには言葉の意味がわからず、やがて百太郎がはっとなって、

「ええっ、登与殿本人にですか」

「当たって砕けようぞ」

十二

評定所は幕府の最高裁判所にあたり、また幕閣の諮問機関《しもんきかん》でもある。

江戸城を前にした辰の口《たつくち》に評定所はあり、内堀の水の落ち口で、和田倉堀《わだくらぼり》の東北、道三堀《どうさんぼり》の入口となる。

毎年御勅使《ごちょくし》の下向《げこう》があり、公家の専用宿舎である伝奏屋敷《でんそうやしき》に評定所は隣接している。

評定所には専任の役人がいて、留役《とめやく》勘定組頭、留役勘定、評定所改め方、書物方、

評定所番、書役、見習い、留守居《るすい》等々、総勢八十人余がお役に就いている。このほかに役人ではない賄《まかな》いや下働きを入れると、百人近くの大所帯となる。

田宮登与に会うため、千之介と百太郎は衣服を改め、評定所へ赴《おもむ》いた。いつもは着流しの二人だが、この日は袴をつけ、黒羽織を着て佩刀《はいとう》している。

田宮靫負の事件には、上席目付岩倉刑部の口添えにより、百太郎が審問に関与していることは周知となっているから、まず百太郎は千之介を一室へ待たせておき、評定所役人たちに登与面会の許しを得に行った。

寂《せき》として声なしのなかで、千之介が待っていると、廊下を一人の武士が通り過ぎ、ひょいと覗いてまた戻って来た。

「お主、風祭ではないか」

岩倉刑部が頓狂《とんきょう》な声で言った。

千之介も目を開き、座したままで一礼し、

「これは、岩倉様。お久しうござる」

岩倉は父十左衛門の代からの知り合いで、千之介が若い頃に何度か飲食を共にしたことがあった。

「いや、なんの、こちらこそ無沙汰をした」

岩倉は親しげに座敷へ入って来て、千之介の前に座り、

「今日は、なんだ」

「はっ、弟の供をしてここへ」

千之介は多くを語らない。

「お主は風祭の家を出たのだな」

「身勝手なふるまい、ご不興かと」

「そんなことはない。人は好きに生きればよいのだ」

「はっ」

「と申して、誰しもがしがらみに縛られているがゆえ、なかなかお主のようには参らぬがな」

千之介は無言だ。

「屋敷を出て今はどこにいるのだ」

「浅草の髪結床の女将と、町場で暮らしております」

「なに、髪結床？　それでは髪結の亭主というわけか」

「左様でござる」

岩倉は小馬鹿にしたように千之介を見て、

「はてさて、それがどれほどつづくかな」

「はっ？」

「お主ほどの男がいつまでも町場の者どもと相和していられるとは思えん。いい加減に屋敷へ戻ったらどうだ」

「はあ」

「登勢殿もそれを希《のぞ》んでおられるのではないのか」

「母上とは円満に話し合ってのことゆえ、問題はなきものと。本音を申さば、百太郎をなんとか一人前にしたいと思うておりまして」

岩倉は苦々しい顔になり、

「十左衛門殿が生きていたらなんと言うかな」

「父は喜ぶと思います。わたしはそう信じております」

「しかし、千之介」

そこで岩倉は失笑し、

「いや、よそう。人の家のことに口を入れてはならんな。すまん」

「それより岩倉殿、今日は？」

「うむ、ちと面倒なことになっての。田宮登与の儀だ」

「はっ？」

「三手掛から一座掛に変更された。ご老中大久保《おおくぼ》様より申し渡しがあったのだ」

老中大久保加賀守忠真《かがのかみただざね》は相模国（神奈川県）小田原藩十一万三千百二十九石の当主で、幕閣の信任厚く、これまでも奏者番《そうじゃばん》、寺社奉行、大坂城代、京都所司代などを歴任していた。後の天保六年（一八三五）には主席老中に昇りつめている。

「では審問には岩倉殿も加わるのですな」

岩倉がうなずき、

「高々一武家の妻女にふり廻されおって、ご老中は何を考えておられるのか。三奉行も何をしているのか。わしは御用煩多がゆえ、登与の調書も読んでおらぬわ」

「して、一座掛の日取りは」

「明日に決まった。早々に決着をつけたいのであろう」

そこへ百太郎が来て、岩倉を見ると慌てて畏まり、

「岩倉様、お越しになっているとはつゆ知らず、ご無礼を」

「これ、百太郎、登与の件は一座掛になったぞ。明日の審理にはわしも立ち会う。その方が学ぶにはよい機会だ。しっかりやれ」

「ははっ」

岩倉は千之介に会釈し、忙しげに立ち去った。

「兄さん、わたしも一座掛になるとたった今留役殿から聞いたばかりで、驚いています」

「この件が膠着《こうちゃく》しているからであろうか。それとも……」

「それとも、なんです？」

「……」

千之介はそれきり黙り込み、考えに耽った。

十三

座敷牢の格子を隔てて、千之介、百太郎、そして田宮登与が正座して向き合った。

牢内で火鉢の炭火が燃えている。

杉戸を開け放った廊下の向こうに、評定所同心二人が着座して控えている。

百太郎が緊張の面持ちながら、目付であることの名乗りをし、兄千之介の同席を登与に同意して貰った上で、

「あなたのお調べは三手掛から一座掛になりました。ご老中様のお声掛かりだそうです」

「……」

登与ははっと目を見開き、だが頭だけ下げる。

楚々《そそ》とした美形で、牢内生活ゆえに下げ髪にし、自害防止のために髪には一本の髪飾りもない。

「一座掛への変更を聞いても驚かぬようだが……」

千之介が言うと、登与は澄んだきれいな目を上げただけで、やはり無言だ。

ここへ来て何日も経ち、日に当たらぬせいか、顔が透き通ったように白い。

「では聞く。田宮靫負殿を手に掛けしは如何《いか》なる理由か」

千之介が重ねて問うた。

それにも登与は答えない。

すると今度は百太郎が膝を乗り出し、

「緒方九庵殿から聞いてきましたよ。靫負殿は重い病いだったそうですね」

「……」

「病いで苦しむご主君を、見るに見かねて手に掛けたのですか。楽にしてやりたいと思ったということなのですか」

「……」

千之介がぐいっと険しい目を据え、

「養家今泉家へ入る以前、そこ元は明屋敷番片山伊織殿の一人娘であった。その片山殿は十年前、お役中に三人の若侍に斬られ、横死を遂げている。そのうちの二人は夏目勇八、野沢采女だが、共にすでにこの世にない。残る一人をそこ元は知っているな」

登与の唇が微かに震える。

「その一人の名を聞かせてくれぬか」

「知ってどうするのです」

登与が初めて口を開いた。

「旧悪を白日の下に晒し、罰してやるつもりだ」

「なりませぬ」

「なぜだ」

「それは……」

登与が言葉に詰まる。

「夏目は甲府の山奥で崖から落ち、野沢は酒毒に冒されて死んだ。だがこれは謀殺ではないかとおれは思っている」

「……」

「靱負殿とそこ元は十二年前より知り合うていた。手を下したのは靱負殿ではないのか。二人の間には密約があったのだ」

「密約……」

登与の張り詰めた声が漏れ出た。

「片山伊織殿の仇討《あだうち》を誓い合ったのではないか、違うか」

登与は烈しく動揺する。

「今はお話しすることは……」

「では明日の一座掛で詳《つまび》らかにするのか」

「……」

「如何に、登与殿」

千之介の追及がやまない。

登与はうつむき、暫《しば》し沈黙していたが、千之介へ真摯《しんし》な目を向けて、

「明日、決着をつけまする」

千之介と百太郎が見交わし合った。

登与はそれきり押し黙る。

「兄さん、この人がこう言っているのですから、すべては明日ということにしたらどうですか」

百太郎が小声で言う。

「兄さん」

百太郎にうながされ、千之介がやむなく席を立った。

「千之介様と申されましたね」

登与の声を背に受け、千之介がふり向く。

「心ある御方とお見受けしました」

「何が言いたい」

「わたくしは武門の女にござります。汚されし家名は晴らさねばなりませぬ。おなご如きでもそれは貫く所存、ご理解下さりませ」

「……」

千之介は衝かれた目で登与を見つめ、佇立《ちょりつ》している。

その強い視線に耐えかねてか、登与は背を向け、割《わ》り箸《ばし》で炭火を掻き立てて取り繕《つくろ》っている。自害防止に髪飾りを取り払ったくらいだから、鉄の火箸など置いてはいない。帯とて平常なものは許されず、登与の腰には細紐《ほそひも》だけである。それとて首を吊ろうと思えばできないことはない。そのために評定所同心が絶えず見張っているのだ。

疑問の余地は何もないのだが、千之介には落ち着き払った登与の様子が腑《ふ》に落ちない。

この女は裁かれる身にはとても見えず、堂々としている。夫を殺した女には思えない。罪に服する気などないのではないか。

たった今の登与の言葉がよみがえった。

『わたくしは武門の女にござります。汚されし家名は晴らさねばなりませぬ』

では明日の一座掛で、登与はいったい何を語り、何をしようとしているのか。

千之介のなかにみるみる疑念が膨らんだ。

声を掛けようとするも、登与の背は意志的に千之介を拒否していた。

十四

翌日、朝の巳《み》の刻（十時）に一座掛の審理は開始された。

この日の三奉行は、寺社奉行太田摂津守資始《おおたせっつのかみすけもと》、北町奉行榊原主計頭忠之《さかきばらかずえのかみただゆき》、勘定奉行石川左近将監忠房《いしかわさこんしょうげんただふさ》である。一座掛ゆえ、それに上席目付岩倉掃部介刑部も陪審に加わった。

場所は評定所内の白洲《しらす》で、裁かれる者は板縁《いたえん》、白洲のどちらかに座るが、庶民は白洲と決まっており、登与は士分だから板縁に着座している。

留役勘定組頭が添え役として、登与の前に立って書状にした調書を読み上げる。

「文政乙酉《きのととり》八年一月二十五日深更、御書院番田宮靱負妻登与は、寝所にて就寝中の同夫を脇差をもって刺殺せり。同夜未明、同女は徒目付橋本典吾方へ出頭し、罪の白状を致せしがゆえ、直ちに身柄を拘禁《こうきん》し、評定所にて裁かれる身と相なった。尚、当初は三手掛で審理を進めるも、老中大久保加賀守殿のお達しにより一座掛と相なったる次第。左様相違ないな」

登与は小さく「はい」と答えて叩頭する。

「では然《しか》るべく、吟味のほどよしなに」

留役が一座掛へ向かってうやうやしく一礼し、末席へ戻って着座した。

その横には、肩衣半袴の百太郎が硬い表情で座っている。

三奉行が登与へ審問を始めた。

夫殺害に至る経緯、動機、理由などの質問が矢継早《やつぎばや》に浴びせられるも、しかし登与の返答はともすれば途絶えがちで、また時に沈黙もし、要領を得ない。

（なぜ答えない。約束が違うぞ、登与さん、結着をつけると言ったではないか）

昨日、裁きの庭で結着をつけると言った登与の言葉は、その場凌《しの》ぎの偽りだったのか。

百太郎は登与の態度が不可解で、苛立ちを禁じ得ない。

千之介は部外者なので白洲には入れず、近くの廊下で所在なげにしていた。

そこにいても白洲の様子は伝わってきて、三奉行の質問の声は聞こえるも、登与の答えは明瞭《めいりよう》ではない。

百太郎同様に、千之介も登与の対応に疑念を抱いていた。

その時、庭の植込みを縫って、下女風の若い娘が風呂敷包みを抱え、逃げるように行くのが見えた。下女は座敷牢のある建物の方から来たようだ。

不審を持った千之介は縁側から庭へ降り、下女へ近づいて行った。

「待て」

呼びとめられると、下女は畏怖《いふ》の表情になってその場に畏まった。

「何者だ」

下女はすぐには言葉が出ず、何やら逡巡《しゆんじゆん》している。

「どこの者かと聞いている」

「田宮家お抱えの者にて、咲《さき》と申します」

そばかすだらけの十七、八が答えた。

「それがここで何をしている。田宮家は改易になったはずだぞ」

「奥様から頼まれておりましたので」

「何をだ」

「お裁きの日がきたら届けてくれと」

「その包み、見せてみろ」

「いえ、これは」

風呂敷包みを抱え込むお咲の手を邪険《じやけん》に払いのけ、千之介がそれを奪ってなかを開く。衣類その他、なんの変哲もない登与の私物が入っている。

「お裁きの日にお着替えを持って参るようにと仰せつかりました。お役人様のお許しも得ています。それでお着替えをなされて、奥様はお白洲に向かわれました」

小心者らしく、お咲はあまりに見苦しく動揺していた。

千之介はそこに秘密の臭いを嗅ぎとり、眼光鋭く見据えて、

「新しい着替えのなかには何があった」

「……」

「何があった」

「小袖と帯だけでございます。奥様がお屋敷をお出になられる時、あたくしに細かなご指示を下さいましたので、その通りにしたがいました」

「ほかに何を入れた」

「えっ」

お咲が青褪《あおざ》め、うろたえた。

「衣類以外のものを入れたな。登与はそれを身につけて白洲に臨んだ。そうではないか」

お咲が開き直ったかのように抗弁する。

「ど、どんなものをあたしが持たせたと言うんですか。刀ですか、槍ですか、そんなもの持ち込めるわけないじゃありませんか」

千之介は押し黙る。

射るような目でお咲を見ている。

その威圧感にお咲は息苦しい顔になり、動悸《どうき》も烈しくなってきて、遂に愕然《がくぜん》と手を突いて白状した。

「小柄《こづか》を小袖の下に忍ばせました。それは亡くなられた奥様お父君の形見の品なんだそうです。本当にあたしは言われた通りにしただけなんです。どうかお許し下さいまし」

「……」

お咲の忠義心を咎める気はなく、千之介は白洲の方へ身をひるがえした。

三奉行と登与との応答はつづいているが、岩倉刑部は懸命に眠気と闘っていた。

昨夜遅くまで宴会をやっていて、その酒がまだ体内に残っており、時折烈しい睡魔が襲うのだ。

まさかこの席で居眠りをして醜態を晒すわけにはいかないから、岩倉は審理の前に手渡された登与に関する資料にやる気のない目を落とした。武家の妻女の犯した事件などに興味はなく、早く審理を終わらせ、どこかでぐっすり眠りたかった。

それは登与の出自その他が書かれた身上書なのだが、ある一行を見て岩倉は雷《かみなり》に打たれたような衝撃を受けた。

そこにあったのは、登与の父『片山伊織』の名である。『明屋敷番』という文字も目に飛び込んできた。

（まさか、そんな）

うろたえた視線の先に、突き刺すような登与の目があった。

岩倉は愕然となった。

(あの女は片山伊織の忘れ形見だったのか)

震えがきた。

その時、静かなざわめきが起こり、老中大久保加賀守忠真が肩衣半袴の平常着姿で現れた。異例のことである。この時の大久保は四十五歳、幕閣を背負って立っている気鋭が窺え、座の空気が瞬時にして張り詰めた。

一同が当惑しつつも、平伏する。

「その方が登与か」

登与がまっすぐ大久保を見て、「はい」と答える。

「わしが許す。岩倉刑部への存念、この場で晴らすがよい」

含みのある言葉を大久保が言い放った。

登与が決意の目でうなずく。

三奉行にはなんのことかわからないが、岩倉だけは凍りついている。

登与がさっと立ち上がるや、迷うことなくつかつかと岩倉に歩み寄った。

「岩倉刑部殿、父の仇《かたき》、お覚悟めされい」

登与が叫び、手に隠し持った小柄を突き立て、岩倉めがけ凄まじい勢いで突進した。すべての思いの丈《たけ》を一本の小柄に託し、骨も砕けよとばかりに胸板を刺突《しとつ》する。この一瞬に命を賭けていたのだ。

その場にいた誰もが金縛りのようになって微動だもしなかった。

心の臓を深々と刺され、座ったままの岩倉がどおっと後ろ向きに倒れて絶命した。

三奉行が取り乱し、大久保を注視した。

大久保は落ち着き払って一座を見廻し、

「よっく聞け、これは仇討である。父の無念を晴らせし娘の仇討なのだ。古来よりの武士道に鑑《かんが》みて、まっこと正当な所業である。罰してはならぬのじゃ」

大久保は胸許に差し込んだぶ厚い書状を取り出し、それを開いて一同に見せると、

「事件の翌日、登与よりこの書状がわしの許に届いた。仇討決意に至る事情、経緯が事細かに書き記してあった。わしは深く感じ入った。この仇討成就させてやろうという気になったのじゃ。それゆえ岩倉を白日の下に引き出すため、三手掛を一座掛に替え、なりゆきを見守っていた。方々も得心して貰いたい」

不退転の決意を見せて言い放った。

十五

　二人が出会ったのは、登与が十四、靫負が十九の時であった。若年ながらも二人はすぐに心を通わせ、末を誓い合った。

　ところが翌年、登与の父片山伊織が非業の死を遂げた。役目中の横死だったが、伊織は敵に対して抜刀しなかった。それが表沙汰になれば、片山家は取り潰しの憂《う》き目《め》に遭《あ》いかねない。同役たちが奔走《ほんそう》し、伊織を病いによる急死として片山家の存続を図った。男子がなかったので遠縁から六三郎が入ってお家を継ぎ、片山家はひとまず事なきを得た。

　その間、登与は親類の元に預けられていたが、父の仇討をすべくひそかに機会を窺っていた。目付方の隠密裡《おんみつり》な調べの結果、伊織を斬った三人の若侍のうち、夏目勇八と野沢采女の名が割れた。だが両家の親たちは裏で手を廻し、莫大な金を使って二人の倅をお咎めなしにした。

　その頃、登与は靫負と再会し、たがいの気持ちに変わりなきことを確かめ合っていた。

　もう一人の下手人の割り出しに、靫負も手を貸した。登与の揺るぎない仇討の決意に、靱負も心から賛同していた。やがて夏目と野沢の交遊関係から、岩倉掃部介刑部の名が知れるまで、さほど時を要さなかった。

登与と靱負は人目を忍んで会いながら、仇討の計略を練った。

事件後、夏目は甲府勤番に左遷されていたので、登与と靱負は甲府まで出掛けて行き、夏目を山中に誘い出し、二人して刀を抜いて迫った。登与は小太刀、靱負は大刀である。

夏目は逃げ惑《まど》い、崖から足を踏み外して落下して行った。一方、野沢は芸者君奴の家に転がり込んでいて、そこにも登与と靱負は二人して行き、君奴の留守を狙い、酩《めい》酊《てい》して寝込んでいた野沢を叩き起こし、伊織殺害の罪を責めた。登与が一太刀浴びせんとすると、野沢は烈しく抵抗して暴れたので、やむなく靱負がとびかかって息を塞いだ。そこで登与を先に逃がし、靱負が後始末をしていると君奴が帰って来たので、急いで立ち去った。

残るは岩倉一人だったが、これは難物となった。夏目、野沢と違い、岩倉は剣の使い手だし、家柄も大身で、構えが大きかった。すぐには手が出せず、登与と靱負は何年かを見送ることにした。

その間、二人は離ればなれに暮らしていることに耐えられなくなり、祝言を挙げる決意をした。登与が今泉紋蔵方へ養女に入り、めでたく二人は一緒になれた。そうして相思相愛で夫婦になったものの、二人の心は晴れなかった。暗雲がたちこめたままなのだ。

岩倉は出世の階段を昇って行き、上席目付となっていた。これに刃を向けることは至難の業で、ますます手が出せない。

そのうち靱負に病魔が忍び寄り、不治の病いであることが判明した。容態が思わしくなくなり、靱負はしだいに立つことも歩くことも叶《かな》わなくなってきた。

そこで靱負は一計を案じた。

おのれが腹を切るから、登与が刺したように見せかけ、その後に夫殺しで自訴して出ろと靱負は言った。そして事の顚末《てんまつ》を老中大久保様に認《したた》めて差し出しておき、評定所の裁きに臨めと靱負は示唆《しさ》した。

それはいちかばちかの賭けのようなものであり、究極の選択だったが、仇討本懐《ほんかい》を遂げるにはそれしかないと二人は信じ込んだ。

当夜、二人は盃を交わして今生《こんじょう》の訣《わか》れをした。短い縁《えにし》を思い、泪が止まらなかった。

やがて時がきて靱負は腹を切ったが、背後に立った登与は取り乱して介錯《かいしゃく》ができず、ためらうあまりに靱負の肩や首筋に無駄な白刃を浴びせてしまった。死相を表しながらも靱負が励まし、登与は必死でさらに靱負の腹を刺した。

そして徒目付橋本典吾方へ、自訴して出たのだ。

三手掛から一座掛への変更を聞き、そこに岩倉が陪席するとわかった時、登与は天《てん》啓《けい》の導きかと思った。老中大久保が登与の悲願を受け入れてくれたのだ。

それに応えるべく、身を捨てて仇討に臨んだ。もはや思い残すことはなかった。

老中の意思により、仇討本懐を遂げた登与に罰は与えられず、無罪放免の御沙汰が下された。

十六

千之介、おちか、そして登与が大川の河岸沿いをそぞろ歩いていた。

放免された登与は質素な小袖姿だ。

「そこ元、信念岩をも通したのだな」

千之介の言葉に、登与は素直にうなずき、

「皆様のお力添えがあればこそでございました。お礼の申し上げようもありませぬ」

「武士道が貫かれ、こんな喜ばしいことはないぞ」

「はい」

おちかが遠慮がちに、

「これからどうなされるおつもりなんですの、登与様」

「ご老中様とご相談致し、出家することに」

「まあ、その若さで」

「仇討のためとは申せ、何人もの人の命を……お亡くなりになられた方々の菩提をとむろうて差し上げたいのです」

千之介はおちかと見交わし、

「その心懸け、見事であるな」

「有難う存じます」

おちかがまたおずおずと、

「あの、登与様、実は近くで一席設けておりまして。百太郎様もお待ちなんです。お祝いに少しばかりおいしいものを食べて、お別れしましょうよ」

「はい、わたくしの方に異存はございませぬ」

「では参ろうぞ」

千之介が言って先に立ち、女二人がしたがった。

空はこよなく晴れ、春を告げる鳥が鳴いていた。

時代小説文庫
わ 2-11

髪結《かみゆい》の亭主《ていしゅ》一

著者 和《わ》久《く》田《だ》正明《まさあき》

2015年1月18日第一刷発行

発行者 角川春樹

発行所 株式会社 角川春樹事務所
〒102-0074 東京都千代田区九段南2-1-30 イタリア文化会館

電話 03(3263)5247[編集] 03(3263)5881[営業]

印刷・製本 中央精版印刷株式会社

フォーマット・デザイン&シンボルマーク 芦澤泰偉

ISBN978-4-7584-3871-1 C0193

http://www.kadokawaharuki.co.jp/[営業]
fanmail@kadokawaharuki.co.jp[編集] ご意見・ご感想をお寄せください。